枇杷の花の咲くころに

坂井実三
Sakai Jitsuzou

民主文学館

光陽出版社

枇杷の花の咲くころに　目次

カバー絵・高野八重子

枇杷の花の咲くころに

神々の棲む家

「早く、もっと早く走れないの、ぐずぐずしてるとバクダンにあたって死んじゃうんだからね。ヒロは死んじゃだめなのよ」

ころびかけたのもかまわず引きずって行く。腕がちぎれそうだ。力いっぱい走っているのに、いつもヒロにやさしい和子ねえさんなのに……。

「おばあさんは？」

「おばあさんはしょうがないでしょ」

従姉の和子が怒ったようにいった。

足もとはまっ暗。それに頭に被せられた防空頭巾が、手で上げても上げてもすぐずり落ちて眼をふさいでしまう。頭巾は重くて暑くてうっとうしい。家を出るとき、うむをいわさず和子に被せられたのだ。

夕焼けよりもっとまっ赤な空。始めて見る空の色の異様さ、まっ暗闇の中を走る人々の呼び合う声と駆けて行くあわただしい足音に、ようやくヒロは現実を理解した。そして、いま自分たちがただならぬ事態におかれていること、アメリカの飛行機に追いかけられているんだということを理解した。

死んじゃだめだという。死んじゃうってどういうことだろう。それはとてもたいへんなことで悲しくそしてこわいことらしい。そこまではなんとなくわかるけれど、そこからさきは六歳の少年に受け入れられるはずがなかった。だいいちそんなこわいことは、わかろうがわかるまいが納得できるはずがない。

「おっ、また上がった。あのあたりは深谷かな」

「いんや、深谷はもっと右だ。熊谷でなかんべか。B29だ、あれは。あの焼けようじゃよう、街はほとんど全滅だべな」

「本庄は大丈夫かいね？」

「北の方に行ったから高崎とか前橋にバクダン落すんだろう、いよいよ本庄もあぶねえなあ」

「なにもこんな田舎に落すこともあんめえに。日本中が爆撃されてるっつうぞ。東京も焼け野原になっちまったし、日本はこれからどうなるんだべか」

「おらにゃわかんねえ」

脇をを急ぐ人々の怒鳴りあっているような声を全身耳にして聞いた。家族の名を叫ぶ女の声が後ろの方から聴こえる。小さな子供の泣き叫ぶ声が足音といっしょに二人を追い越して行く。この従姉の前では、ヒロはいつも二つ上の従兄の義男を意識して、精一杯背伸びしてきた。で、力いっぱい走った。

バクダンにあたったら死んでしまうと和子ねえさんはいう。死んでしまう。よくわからないが足がふるえた。自分の足ではないようなふわふわした感じ。和子ねえさんが読んでくれた孫悟空になって空を駆けているみたいだ。

「ねえ、和子ねえさん」

「うるさいわねえこの子、しゃべっちゃ、だめ」

「どこまで逃げるの?」

防空頭巾の前を上げて和子を見上げる。暗いので表情はよくわからないが、ほんとうに怒っているらしい。

「決まってるじゃないか、竹やぶの防空壕。ぼやぼやしてたら殺されちゃう、ほら、もっと早く走ってよ」

いらだつ甲高い声。ふだんはおっとりしている和子ねえさんなのに。

「ねえ、どうしてアメリカはバクダン落すの?」

「ほんとにばかだよ、この子は。そんなことといってるから義男ちゃんだって、遊んでくれないんじゃないか」

「……」

暗闇の中あたりを見まわすと、どこかの女の人がヒロぐらいの子を連れて脇を走って行った。このときだった。行く手のまっ黒な松林のずっと向こうの暗く低い空を、星のような灯りをきらきらさせた飛行機が二機三機、耳をつんざくような爆音を残して飛んで行った。飛んで行った松林の向こうが一瞬稲妻のように鋭く光った。駆けて行く道の先が昼間のように照らし出され、両がわの桑畑の桑の葉の一枚一枚をヒロはくっきりと視野にとらえた。ほどなく暗い空に花火のような火の粉が高く高く舞い上がりはじめた。しばらくするとそれが星くずの滝になって落ちてくる。火の粉の降る音がざーざーと聞えてくるような圧倒的な光景に、ヒロは声をのんで思わず立ちすくんでしまう。だがちょっとでも立ち止まると、和子がたちまち子供をさらって行く魔女になって、腕が抜けるくらい手荒くぐんぐん引きずって、ヒロの先を駆ける。

母さんはいったいどうしたのだろう。玄関先で弟の修次をあわただしく背中にくくりつけていたのを、出て来るときちらっと眼にとめたのだったが。それから眼の見えない祖母の顔がまぶたの裏に浮かんだ。短く切った白髪頭の頬のこけた顔。ほんとうに一人で家に残ったのだろうか。誰も連れて来なかったのだろうか。かわいそうなキンおばあさん。

「あたしゃね、ケーホーが出てもバクダンが落っこちても逃げないよ。おまえたちの足手まといになるだけだから。イサオとセイジのとこに行く約束したんだから。ミョウホーレーンゲーキョー」

出て来るときのキンの声が追いすがって来る。あのまま仏壇の前に座ったきり動かないでいるのだろうか。イサオというのは母シヨのすぐ下の弟だった。日本からずっと遠い南の海でゼロ戦にバクダンを積んで、アメリカの軍艦に突っこんだすごい兵隊さんだと家中の誰もが誇らしげにいう。セイジというのはその次の弟でやはり南の方のサイパンという島で、アメリカと戦って死んでしまったえらい人だと義男が教えてくれた。この四月、白い布に包まれた小さな箱の中に、セイジおじさんの少しばかりの髪としみだらけの小さな赤い軍隊手帳が送られて来た。お国のために勇敢にたたかって死ぬって、どういうことなのだろう。ぼくもおじさんたちのような強い勇敢な兵隊さんになってアメリカをやっつけるんやというと、ま、ヒロにはむりだよな、と義男がいじわるそうな顔していった。悔しいけれど仕方なかった。泣虫なのだから。

義男はヒロなんか相手にしないで、いつも近所の子供たちと遊んでいる。その仲間たちにも、二人のおじと自分の父親のことを自慢にする。

義男の父親は沖縄で戦死している。仇をうつんだ、といつかヒロと和子にいった。ゼロ戦に乗って、アメリカのＢ29を撃ち落とすんだ、と大きな眼をぎらぎらさせた。

義男は去年の夏、父親が戦死すると浦和の家を引き上げて母親のフクとここに身を寄せているのだった。フクは、ヒロの母シヨの一つ上の姉。その上が和子の母親のカツ子おばさん。兵之輔じいさんは日露戦争のとき旅順へ出かけて、ロシア兵を何人も殺した強い兵隊だった。ヒロはそのじまん話を兵之輔からなんども聞かされた。いつも、笑えば損だというようなこわい顔して。

ヒロたち親子三人も大阪の空襲がひどくなったこの四月、ここ本庄の実家に疎開して来たのだった。

ヒロの父親の鯛三はひどい近眼なので、兵隊検査は乙種合格。そのため召集令状はなかなかこなかった。しかし、戦争がいよいよひどくなってくると、乙種であろうと若い男のいる家には次から次へ赤紙の令状が来るようになった。ついに鯛三にも赤紙がきた

鯛三は海外の戦地ではなく内地のどこかの兵営にいるらしかった。そんな事情をシヨから聞いていたヒロは、義男や和子に対してあるひけめを感じている。なんといっても彼らの父親は、天皇陛下とお国のために外国の遠い戦地ではなばなしく戦って死んだのだから。

和子の父親という人は海軍の中尉で、ルソン島沖で軍艦が撃沈されたときに死んだのらしい。今ごろは太平洋のどこか深く暗い海の底に沈んでいるのかもしれない、とシヨが、あたりをはばかりながら、ヒロにそっと話したことがある。

「イサオ、セイジ。もうすぐ行くからね、この歳まで生き延びさせてもらったのだから、もういい。みんな自分が生きのびるのが精一杯で、役立たずの年寄りなんかにかまってられないのだから。このさき生きてたってなんのいいこともありはしねえ。おらあ、ずっと戦争の世に生きてきたんだから、もういい。ナンミョーホーレーンゲーキョー、ナンミョーホーレンゲーキョー」

キンばあさんは、ほとんど一日中仏壇の前に座って戦死した四人に向って語り、お経を唱えている。

仏壇の中にはおじたちの顔写真が飾られている。和子の父親は海軍の白い帽子と白い軍服姿、下ぶくれの顔の鼻の下には黒いちょび髭を生やして眼が鋭い。さすが海軍中尉らしくりりしい顔をしている。義男の父親は頭の大きなやさしそうな顔。義男に似ている。本庄の相撲大会で一回だけ優勝したことがあると、義男がいった。あとの二人はシヨの弟たちで、まだほんとうに若い。中学校を出たばかりという感じだ。

四人とも戦で死んだのだから神さまになって東京九段の靖国神社にいるのだと、祖父が陰気な顔で話してくれた。この家に来てすぐだった。日ごろ兵之輔はほとんどしゃべらない人で、少しでも気にさわることがあると怒りだすので誰も逆らわなかった。しかしカツ子おばだけはちがっていた。きっぱりといい負かす。空襲を逃れて来た子や孫で急に大家族になった祖父のこの家が、カツ子おばが中心になって動いているのを、ヒロはうすうす肌で感じていた。

キンおばあさんは誰がなんといっても仏壇の前に座ってお経を唱えるばかりで、がんとして聞き入れなかった。それで仕方なく置いてきたのだった。

ヒロはこの祖母が和子と同じくらい好きだった。だからヒロは和子と一緒に最後まで手をとって立たせようとした。しかしどうしても臼のように動かなかった。

「おばあちゃん、ほら、逃げようよ。死んじゃうよ」

ヒロがわあわあ泣いて引っぱっても無駄だった。

しまいには邪険に手を振り払って、ヒロを突き飛ばした。暗い眼からは大粒の涙が、はらはらとこぼれおちた。

「ぐずぐずしてんじゃねえ。和子ッ、早くヒロを連れて逃げねえか。お前らはこれから生きなけりゃなんねえだ」

とうとう祖父の兵之輔が癇癪を起こして怒鳴りちらした。

「死神にとりつかれてやがる、ああいうんだから、もういい。仕方なかんべ。ぐずぐずしてたらみんながやられっちまう」

そして手をふり回しみんなを外に追い出した。それから自分もつづいた。

それは恐ろしく悲しい光景だった。

祖母の心の中が分かるはずもなかったが、祖父のこの一言は、ヒロの胸の奥深くぐさっと刃物のように突き刺さった。祖父に対するおそろしさと、自分たち親子がこの家にいることのかたみのせまさ、ぼんやりした不安に重ね、眼の見えない祖母が燃えさかる炎につつまれて死んでいく姿を想像すると、またわっと泣き出したい衝動にかられた。兵之輔がいうように、みんなが生きのびるためには、そうするより仕方なかったのかもしれないが、かわいそうな悲しい光景を、ヒロはまぶたの裏にくっきりときざみこんだ。

しかし悲しんではいられなかった。いま大好きな従姉の前では、義男と同じくらい強い男の子でなければならなかった。かわいそうでも涙なんか見せてはいけない、日本男子なのだから、と自分の胸に言い聞かせた。泣き出したいのをがまんして走っていると、石のようなものを思いっきり蹴飛ばした。藁ぞうりをはいた右足親指の爪が飛び上がるほど痛かった。でも立ち止まるわけにはいかない。止まったらB29に、和子もヒロも撃ち殺されてしまう。

やがて暗くうっそうと繁った孟宗竹の林にたどり着いた。和子や義男と遊びに来たことがある。竹林の斜面に直径一メートルほどの暗い穴がぽっかり空いていた。穴の前に戦闘帽の背の高い男の人が一人立っていた。暗いのでその顔はよく分からなかった。

このときヒロは和子のやわらかい掌が、汗でじっとり濡れているのにはじめて気づいた。その湿っぽいやわらかさに妙なこころもちがした。

「早ぐ。早ぐ、へえれっ」

男がせきたてた。男は足が悪いのか動くとき上体がひどく左に傾く。戦争に行ったとき左の膝を敵の弾で撃ち砕かれ、それで帰ってきたのだと、あとからシヨが話した。お国の役にたたなくなったからって。かたみが狭いだろうけれど骨になって帰ってくるよりよほどいいさ、と声をひそめて言った。

ヒロと和子は身を屈め手さぐりで這うようにして穴の中に入った。そこは外よりもいちだんと暗かった。ひんやりして湿った土の匂いがむっときた。すでに何人か座っているようだったが、まっ暗なので顔の見分けはつかない。みな押し黙って不気味なほど静かだった。どこかの子供が泣いていた。

まもなく修次をおぶったショと義男とおばたちが入って来た。兵之輔も一緒だった。ぜえぜえと苦しそうに息をしていた。それから遅れて入って来た和子の母親が、祖母を残して来たことを外の男の人に大声で告げた。

「仕方なかんべえさ、そう言うんじゃ。眼が見えんのだからお国の役にも立たねえしのお、兵之輔おんじい」と、外から不機嫌そうに防空壕の中に声を放りこんだ。兵之輔と顔見知りらしい。

「ああ」

兵之輔が苦しそうに息をつきながら、外の男に沈んだ声で応じた。

右足親指の爪が疼くので、うずくまって手で押さえていると、

「ヒロ、どうしたの?」と、背後から和子がおいかぶさるように屈みこんできた。胸元から汗の甘酸っぱい匂いが立った。

翌日も朝から暑かった。昨夜まっ赤に燃えていた空が嘘のように、ぬけるような青空がどこまでも広がっていた。赤城山の上の方に羊のような形の白いちぎれ雲が二つ三つ浮かんでいる。小鳥たちが来て桑の枝にとまって歌っている。ヒロはもう小一時間ほども、庭からつづく野菜畑のさきの桑畑に一人で入ったきりだ。

土を棒切れでほじくると、ミミズやコーロギ、ワラジ虫、トカゲ、それから名前も知らない小さな虫たちが急に明るいところに出されて、びっくりして逃げまどうのが面白い。ローソク色した蝉の幼虫も出て来た。みんなヒロのふしぎな友だちだった。だから殺さなかった。いつだったか義男が、庭のツゲの下からトカゲの小さいのがちょろちょろ出てきたときだった。ヒロがつかまえようとすると、義男が、気持ち悪いと、憎々しげに踏み殺した。かわいそうだからやめて、というと、ヒロは女の子みたいだから遊んだって面白くない、とどこかへ行ってしまった。

ヒロは、どんな小さな虫でも生きようとして懸命に逃げまどう姿がいとおしい。小さな彼らはヒロの胸を好奇心と感動でいっぱいにしてくれる。想像をふくらます。孤独な少年は時のたつのを忘れて彼らと遊んだ。

今は蚕を飼っていないので、伸びるにまかせた桑の木が濃密に枝葉を茂らせ（ヒロの背丈より高く）、桑畑の中は迷路のようになっている。ここに入ってしまえば、もう誰に小言をいわれることもない。祖父に叱られることもなかった。義男の家来になっていばられることだってない。ヒロだけの世界なのだった。

ああ、だがなんといじわるなのだろう。誰かがヒロを呼んでいる。桑の枝葉ががさがさ揺れて、ほら近づいて来る。

「見いっけたあ。やっぱりここにいたのね」

重なり合った葉の間から、和子がおかっぱのまるい顔を出した。やさしい微笑のかげで大きな眼が、大阪から疎開して来た幼い従弟の、孤独な心の奥をのぞいている。

ヒロは自分だけの隠れ場所にいるのを見つけられたのが、悪いことをしたあとのように恥ずかしい。顔が赤くなるのが自分でもわかる。

「義男ちゃんと遊ばないの？」

「義男ちゃんは、遊んでくれへん」

「ヒロが、すぐ泣くからよ」

この一言はこたえた。義男と比べて自分が弱い男の子だと思われたことは、ヒロの背伸びした心を傷つけた。なんといったって義男の父親が戦死しているという事実は圧倒的だった。賢くて強い従兄がまぶしかった。

「あのねえ、さっきからおじいちゃんが呼んでるのよ」

ああ、また叱られるのか。ぼくが何をしたっていうのだ。

「いやや」

従姉を慕うあわい感情の裏返しの気持ちが、ヒロを頑なにした。

「またぶたれても知らないからね……あのねえ、ラジオでこれから天皇陛下さまの大切なお話があるから、みんなで聞くのよ。ヒロも来て一緒に聴きなさいって」

「ラジオなんか、聴かない。ここにいる」

「いいから、来るのッ」

有無をいわさず引き立てられた。昨日の夜と同じだ。

家に入ると仏壇のある広い部屋にはすでに家の人たちがみんな神妙な顔して正座していた。大きな仏壇の中からは、神さまになった四人のおじたちがこちらを見ていた。なんだかへんだ。仏壇の中ではロウソクの火が揺れている。

仏壇横の、棚のラジオのいちばん近くに、祖父の坊主頭が見える。その隣りに義男が正座している。義男に並んでふだんよりいっそう小さくなった感じの祖母が、丸い背を精一杯伸ばして、ラジオの方に耳を向けている。祖母の後には近所の一銭商いの駄菓子屋の少し頭のおかしい（と、みんながいっている）若い女とそこの年寄夫婦が並んで、窮屈そうに肩をくっつけて座っている。ヒロはカツ子おばの横に正座させられた。みんなそうしているので、ヒロも一応神妙な顔して座った。

ラジオはさっきからがーがー鳴っている。何をいってるのかほとんど聴きとれない。

やがて「君が代」が聴こえてきた。それからアナウンサーにかわって天皇陛下の「おことば」が始まったのだ。

ヒロは足が痛くなったので膝をくずした。

するとカツ子おばの手が伸びて、ぴしっと膝をたたかれた。

「タヘガタキヲタヘー、シノビガタキヲシノビー」

雑音にかき消されがちの、へんな抑揚をつけた「おことば」のうち、この声だけがどうにか聴きとれた。だがヒロにはなんのことかさっぱり分からない。タヘガタキ、シノビガタキって何だろう。間延びしたへんな声。キンおばあさんが朝と夕方、仏壇のご先祖さまと四人の神さまに向かって唱えているナンミョーホーレンゲキョーを、もっとゆっくり歌っている感じ。

なんだ、これは。やっぱりなにかおかしい。それにどうして子供が聞かなければならないのだろう。桑畑の虫たちとの面白い遊びを中断させられたことがいまいましい。また足が痺れてきたので膝をくずした。すると予期したとおりカツ子おばの手が伸び、こんどは脛をつねられた。それからヒロの耳もとに口を寄せささやく。眼がまっ赤だ。泣いているのだ。

「ありがたいおことばですよ、しんぼうして聴こうね。いい子だから」

「どうしてありがたいの?」

「ほんとにばかだね、この子」

膝をたたかれた。

ヒロは日本がアメリカとの戦争に負けたのだということがようやくぼんやり分かってきた。だからみんな泣いているのだ、と思った。

それはとっても悲しいことなのだ。足が痛いぐらいはしんぼうしよう、と思った。頭がこんがらがってきた。退屈だった。しかししばらくすると、みんなの泣いているのが伝染したのか、ヒロも何だか心の中に悲しみが浸みとおってきた。天皇陛下の「おことば」を聞く前とは、部屋の空気がすっかりちがってしまった感じ。

義男がちゃんと座って聴いているのだから、自分もしっかりしようと思った。義男の母親が洟をかんでいる。じっと見ていると義男に似た大きな眼でにらまれた。涙がはらはらと頬をつたい落ちている。それからまた洟をかんだ。悔しそうに唇をかたく結んだ顔がゆがんでいた。

祖父が畳に額をこすりつけたまま、顔を上げようともしない。背中がこきざみにふるえている。

ふと母親が気になった。見ると修次をモンペの膝に抱きかかえ、ぼんやりした顔でラジオを見つめていた。ヒロに気づくと、一瞬ほっとしたような（ヒロはそう感じた）表情を見せ、それからなにかいいたそうに強い視線を投げかけてきた。なにをいおうとしたのだろう。

駄菓子屋の年寄夫婦も畳に額をこすりつけ、蛙が潰れたような格好だ。義男はと見ると、深くうなだれ、かたまってしまったように肩も動かさない。

天皇陛下の「おことば」を玉音放送というのだそうだ。カツ子おばが教えてくれた。たいへんなことになったらしい。みんなどうなってしまうのだろう。暗いへんてこな空気に押しつぶされそうで、息をするのが苦しい。そしてわからなかった。大人たちの忍び泣きの声と、があがあ鳴っているラジオの不協和音がヒロの胸をいっそう悲しく不安にした。

義男が立ち上がった。ふり向きざまヒロに外に出ようと眼顔で合図した。足がしびれていたのですぐには立ち上がれなかった。カツ子おばの肩に手をかけ、よろよろと立ち上がろうとしたときだった。

「ああ、やっとこれで戦争が終わったわねえ」

誰にともなくとつぜんシヨがいった。その声はこの場の空気とちぐはぐで、清々しい響きがあった。

「やはり鯛三さんがいったようになったわねえ。この戦争は、負けて終わるって……」

「なんだ、今のその言い草は。ものは気をつけていうもんだ」

兵之輔が振り向いて恐い顔でシヨの言葉をさえぎった。太い眉をつりあげ唇がぴくぴくふるえている。シヨの顔をしばらくじっと睨みつけた。これまで見せたことのない蒼白い顔が、苦しそうにゆがんでいた。

「日本が負けただと？　てめえの亭主は負けるってそうぬかしたのだな？　よくいった。なんということだ。非国民のアカだ。わしは情けない婿を持ったもんだ。近所に顔を向けられない。おめえの亭主は鯛は鯛でも腐った鯛だ」

手がぶるぶるふるえていた。

老人の血走った暗い眼の光は、娘から孫へと向けられた。ヒロが蛇に睨まれた蛙のように逃げ場を失ってつっ立っていると、シヨが息子をかばうように憤然と立ち上がり、父親の正面に向き直った。

「あの人はね、この戦争には反対だったんだよ。父さんだって日露戦争で死に損なったくせに。この国はずっと戦争ばっかり、ちっともいいことなんかなかったじゃないか。目鼻のきく人は笑いがとまらないくらい儲けたろうけどね。戦争のおかげで自分の息子はどうなったんだい、かわいそうにイサオとセイジは――死んじゃったじゃないか」

ヒロがはじめて見る母親の顔だった。泣いていた。着物の袖で涙を拭った。

「あの子たちだって、戦争さえなけりゃ」

とつぜんヒロが大声で泣き出した。母親がこの怖い祖父を取り返しのつかないほど怒らせてしまったことからくる恐怖、そのため自分たち親子がこの家に居られなくなるかもしれないという最悪の予感、それもあったがいま自分が泣くことで二人のどなり合いが終わるのではないかという思いから、ヒロは大声で泣き喚いた。するとこんどは、シヨの背中の修次が火のついたように泣き出した。

「ほらほら、シヨもヒロもあんたら早くあっちへ行って。おじいさんも今さらそんなこと、鯛三さんのこともち出さなくたっていいじゃありませんか。そんなばかみたいな大きな声で非国民だのアカだのって、世間体の悪い。シヨがいうとおり、もう戦争は終わったのよ、くやしいけど日本が負けたのはまぎれもない事実なんだから。それよりこれから生きて行くことをしっかり考えなくちゃ。親子で言い合ってる場合じゃないでしょ」

カツ子おばが威をおびた声でとりなした。彼女は六人兄弟姉妹のいちばん上だった。和子の上の姉は学徒動員のため、今でも前橋の女学校の寮に残っている。

「つっ立ってないで、みんな座れ。ヒロもシヨも……」

兵之輔がようやく落ち着きを取りもどし、こんどは静かな弱々しい声で話しはじめた。

「アメリカの兵隊が、ここらにも入って来るかも知れん。そうしたらあいつらは畜生だから何をするか分からん。男は殺されるか奴隷のようにこき使われるだろう。女どもはどこかへ連れて行かれる……」

先をつづけようとしたが、はげしく咳きこんで背中を丸めた。カツ子おばがやさしく背中をさすってやった。

「悔しいけどしようがないよねえ、秩父の山奥にでもみんなして逃げよう、あたしの知り合いがいるから」

と、ひどく気を落している父親をいたわった。兵之輔が気をとり直したかのように、こんどは背すじをしゃんと伸ばしていった。

「おれは逃げんぞ。ばあさんとここに残るから、お前たちだけで秩父でもどこにでも逃げてくれ」

ロシア兵と戦った兵士の誇りをようやくとり戻したらしく威厳のある口調だった。そしてもう何もいわなかった。着物の兵児帯にぶら下げた煙草入れから銃豆煙管を取り出し、先っぽにきざみをゆっくりと詰めはじめた。その手が小刻みにふるえている。それから駄菓子屋のおやじに憂い顔を向けていった。

「天皇陛下様はどうなるんだべか、トラさん。それがなにより心配じゃのお。敗け戦したんじゃから日本人はみんなで陛下に謝まらにゃならんぞ」

「それさ、いったい、日本はこれからどうなるんだか。天皇陛下はどうなるんべか」

駄菓子が四角い顔の下唇を無念そうにつきだして答えた。

（男は殺される）ほんとうだろうか。母さんは女だからどこかへ連れ去られる。アメリカ兵は赤鬼だ、という。その鬼がこの家に入りこんでくるのだ。ヒロの胸の中を恐怖と不安の黒雲がおおいはじめた。

このときふと、父親の顔がまぶたの裏がわに浮かんだ。去年の暮れのことだった。戦闘帽をまぶかにかぶった、黒ぶちの牛乳瓶の底のような分厚い丸い眼鏡の顔がふり向いたとき眼が合った。なにかいいたそうに、ヒロの顔を穴の開くほど見つめた眼鏡の顔を思い出したのだ。玄関の上がりかまちに腰かけていた。脚に白いゲートルを巻いていた。わざとゆっくり巻いているのがわかった。巻き終わると立ち上がり、肩から白い襷をかけながらシヨになにか短くいった。それからもういちど家の中を見回してからゆっくり外に出た。玄関の外には工場の人や近所の女の人たちが日の丸の小旗を振って待っていた。シヨと並んで父親が挨拶し終えると万歳が起こった。その万歳の間を父親の背中がだんだん遠くなり、その姿はいつかヒロの視界から消えた。ヒロはあの日あのときのベールのかかったような記憶の風景を、今うっすらと思い出したのだった。

ある日、和子がシヨに鯛三とのなれそめから結婚までのいきさつを聞き出していた。シヨはあたりに気を配りながら静かな口調で語った。自分たち夫婦のほんとうの考えを、この十五歳の女学生には明らかにしておくべきだと思ったのだろう。

シヨが鯛三と結婚したのは太平洋戦争の始まる二年前だった。シヨは上州富岡の製糸工場で糸取り工女をしていた。しかし兵之輔がたびたび工場に給料の前借りに来るのを嫌ってそこを辞め、大工をしている長兄を頼って大阪に出たのだった。

大阪でカフェの女給になった。店の近くに、戦車や軍用トラックの部品を作っている鉄工所があった。工場は鯛三の義兄が経営していた。鯛三は長崎の離島から出て来て、ここで働きながら早稲田の専検試験を受けるために勉強していたのだった。勉強の傍ら自由主義者や左翼的な学者の書いた本を読むうちに、日本が「東亜新秩序」とかいって中国に行って戦争していることに疑問をいだくようになった。

シヨが工場の二階の事務所にコーヒーを出前に行くと、入口の近くの机で丸い黒縁眼鏡の、その頃ではもう珍しくなった長髪の青年が事務をとっていた。それが鯛三だった。

「冗談ひとついわない、とっつきにくい男だったよ、はじめのころはね。だけどそのうち、どこかそこらの若い男とはちがう、何かを真剣に考えてるようなところが、あたしの気を引いたんだろうねえ」

「だけどなぜおじいさんは、鯛三さんのことを悪くいうの？」

和子はシヨに心を通わせながら率直に問い質した。シヨは二つ年下の男が話したことを、慈しむように思い出しながら語るのだった。

……中国との戦争は、そのうちソ連やアメリカを相手の大きな戦争になるとぼくは思っている。そうなったら日本が勝つわけがない。そいけん、今のうちに中国から手を引いた方がよか。ばってん、このことは誰にも絶対いうたらいかんよ。うちの会社はな、この戦争でしこたま儲けとるんやからな。

声をひそめ結婚を約束した元女工に話した。

うん、誰にもいえへん。指きりげんまんや。

シヨはようやく慣れてきた大阪弁で約束した。

長崎訛でとつとつと語る男の言葉の意味はよく分からなかった。分からなかったが、シヨはこの男を人間として信頼出来るような気がした。

「いいなあ、叔母さんたちは恋愛結婚かあ」

和子が庭つづきの桑畑のずっと向こうの空に、夢見るような眼を向け何度も、いいなあ、といった。

「お母さんはね、お見合いだって。つまんないの。うちの女学校ではね、男の子と道を歩いているだけで叱られるんよ」

鯛三からは、ここ数ヶ月音信がない。最後の手紙は、鹿児島の鹿屋という航空基地から出されたものだった。いかにも鯛三らしい四角張った字の手紙によると、特攻機の整備をやっているらしかった。強度の近視眼で特攻機に乗れるわけがないのでその分は安心だったが、沖縄の戦況悪化にともない鹿児島駐屯の兵たちが、沖縄の方にやられているらしいことを、人づてに聞いてからはシヨは夜も眠れない日がつづいていた。その沖縄では日本軍がほぼ全滅したとも聞く。義男の父親もそこで戦死している。その沖縄に鯛三もやられているかも知れない。

この家の誰も口にこそは出さないが、鯛三もすでに戦死しているのではないか、と思っているらしいそんな空気をシヨは嗅ぎとっていた。自分たちの夫も息子も、すでにそれぞれ戦地に散り白木の箱で英霊になって帰って来たのだから、鯛三さんだって……と。義兄や弟たちが相次いで四人も死んでいったこの家には、不吉な運命を宿した空気が暗く冷んやりとたちこめているのに、兵之輔は名誉ある神の家だ、という。あるときキンが、この家は死神にとりつかれている、お払いをしなければ、というと日露戦争の勇士がほんとうに怒りだした。

とんでもないことぬかしおって、こおの、ばばあが。

シヨは日を追って敗色濃厚になる戦況を知れば知るほど、沖縄にやられたかも知れない夫も、弟や義兄と同じ運命をたどるのではないかという不安が、日に日に現実味をおびて迫って来るのだった。だが自分たち親子だけになった時シヨはあたりをはばかりながら、息子にこういわずにはおれなかった。

「ヒロ、お父さんはきっと生きて帰って来るよ。だってヒロのお父さんは、この戦争はまちがってるっていって出かけたんだもの。反対してた戦争に引っぱられて行ったのに、死ぬわけないよね。どこかできっと生きている」

幼い二人の息子を両脇にひしと抱き寄せ、祈るように語りかけたのだった。

アカだから、いちばん危ないところにもって行かれるんさ。兵之輔は小言ついでに、シヨの心に憎々しく踏みこんでくる。祖父が鯛三をこころよく思っていないばかりか、嫌ってさえいることをヒロは知っていた。

シヨは、父さんはどこかできっと生きている、とヒロにいった。しかしそのことは、義男にも和子にも他の誰にも絶対口にしてはならないことなのだと、シヨに強くいわれていた。

ヒロは戦争の詳しいことは知る由もなかった。しかし日本が負けたことはやはり悔しかった。自分の胸にそう思いこませなければ、この家には居られないような気がするのだ。

母と祖父は天皇陛下の「おことば」を聞いて、どうしてあんなにひどく言い争ったのだろう。しかしヒロの関心は、戦争のこと、そして言い争いばかりしているこの家の中のうっとうしい現実から逃げて、素晴らしい虫たちの世界へとはばたいていく。桑畑に入って虫たちと遊びたいと思う。いや、今日は桑畑の向こうの松林をぬけてまっすぐ、一人で利根川まで行ってみようかと思う。利根川の大橋のたもとの淵に、大きなおばけうなぎがいると義男がいっていた。

家を出ると、八月の光が何もかも焼き尽くすかのようにじりじりと照りつけていた。あたりの死んだような静けさを破って近くでツクツクボーシがはげしく啼きだした。道ばたの松の木の枝だった。小さい体をふるわせ懸命に啼いている。そのうち気づいたのかあおむいたヒロの顔に、小便をひっかけて飛び立った。

桑畑をぬけ松林を過ぎると広い道に出た。埃っぽかった。道の両側はずっと桑畑がつづく。正面はるか遠くに赤城山が雄大な裾を引いているのが見わたせた。このあたりまではいつか義男たちと来たことがある。

ヒロは歩きつづけた。どこまでも歩いていると、祖父の家でのいろんないやなことを忘れることができた。しかしこれからの自分と母親と修次がどうなるのだろうと、その不安がときどきヒロを襲った。

利根川は近いのだろうか。ずいぶん遠くまで来たような気がする。頭がぼんやりし、強い日ざしに眼がくらくらしてきた。

このとき、後の方から荷馬車のがらがらという音が聞こえてきた。ふり向くと馬の手綱をとっている男に、以前家の前で会ったような気がした。ときどき「ハイッ、ハイ」と馬に声をかけながらやって来る。前に会ったときもやはり歌っていたのだと思う。懐かしく思い出した。

「ハアー、エー……ちちぶなあー、ちちぶながとろー……」

高くよくとおる声が、八月の青い空に響きわたった。その声が土埃を上げて鳴る馬のひずめのかわいた音に和して、近づいて来た。

あの時もヒロは馬が見たくて、家を飛び出したのだったが。

「ヒロったら、へんな子。あんな臭い荷馬車を追っかけるんだから」

カツ子おばが背中に声を浴びせた。

「変っとるんだ、あの泣き虫は」

兵之輔の痰のからんだ声が、後からつづいたのを思い出した。

たてがみの汚い灰色がかった馬が、頭を上下に振りながら荒い息を吐いてヒロの脇にさしかかる。

「オーラ、オーラ。大阪のぼんが待ってくれとるぞ」

寄って行くと、馬の大きな濡れた眼がヒロの眼をとらえる。眼が合う。心が通じ合ったような気がする。何かを訴えているような悲しそうな大きな眼。ヒロは馬にかわっていう。

「おっちゃん、馬がしんどいて……休ませてやってえな」

「うん？　馬か。馬は一度休ませたらくせになるでのお」

禿げ頭にねじり鉢巻の日焼け顔が汗と土埃で汚れている。どんよりした眼が少年の心の中をのぞく。それからやさしくいった。

「こいつはまだ生きてるだけましだ。若え元気な馬は、みんな戦地にもってかれたでのお。戦争に行った馬は、もう帰って来れんのじゃ。こいつもわしと同じじゃ、老いぼれたからお国の役にはたたんのじゃ」

「そやけど一生懸命働いとるでえ」

「おらのためだけにな」

老人は鉢巻の手ぬぐいを取ると、顔から首すじを拭いながら親しみ深い静かな声でいい、寂しそうな顔をした。それでも馬の歩みを止めようとはしなかった。ヒロは老人と並んだり馬の後についたりした。馬の腹から尻にかけて汗なのだろうか、強い午後の陽を受けきらきら光っている。その尻に太った金蠅が、長いしっぽで追われても追われても執念深くとまる。右に左にしっぽが根気よく動いているのを見ていると、そこだけが別な生き物のようでもあり何か機械のようでもあり面白い。

このとき老人が、ふと素晴らしいことを思いついたらしい。

「ぼんは馬が好きじゃのう、馬車に乗ってみるか。少し臭いけどすぐ慣れる」

ヒロはこの前の時も、(あれに乗れたらどんなにいいだろう)と思っていたので、心の中を見透かされたようできまりが悪い。で、こう返事した。

「うん、乗ってやってもいいよ」

「ハハハ、乗ってやってもいいか。子供らしく、乗りたいっていうんじゃ、ハハハ」

「ようし」と声をかけ、馬の鼻面を軽くたたく。馬がゆっくりとまる。老人はヒロを抱きかかえ、荷車の一番前の桶と桶の間に座らせた。便所の臭いが強烈に鼻をつく。それでもはじめて荷馬車に乗った嬉しさは、その臭いを忘れさせた。

「オーラ」

老人が声をかけ手綱を引く。馬が脚を踏ん張る。荷車ががたんと動き出す。ぽこぽこ鳴るひずめの響きと荷車のガラガラ回る音、そして心地よい単調な揺れ。ヒロは久しぶりに幸せだった。

桑畑が終わると緑の田んぼがつづく。時々涼しい風が少しだけ吹いてくる。稲の尖った葉が裏返って、順番にさざ波のように揺れて行く。

前を行く老人には何でもいえそうな気がする。すっかり友だちになれたのだ。で、大声で前を行く老人に聞いてみる。

「おっちゃん、戦争に負けたらどうなるん？」

老人が驚いた顔を振り向けた。その顔に苦しそうな色が浮かんだが、それはほんの一瞬だった。ふたたび親しみ深い顔にかえると、こういった。

「ぼんは賢いのお、小さいのに……。そうさなあ、これからどうなるか誰にもわからんさ。アメリカさん次第じゃろうて」

「男はどうなるん？」

「分からん」

「女はどうなるん？」

「アメリカ人の奴隷にされて、いうことをきかなきゃならなくなる」

「アメリカ人て、鬼みたいなの？」

「鬼じゃないけど、何をされるかわからんさ、オーラ、オーラ。兵之輔じいさんに聞いて見たらよかんべえが」

馬が歩をゆるめ停まりそうになる。老人が手綱をぐいっと引く。ふたたびもとの速さになる。

「こんどの戦争じゃ、兵之輔じいさんも気を落しとるだろ、なんせ息子さん二人と婿を死なせたんだからな。ぼんのところがいちばん天皇陛下さまのために御奉公したからなあ。ぼんも大きくなったらしっかり勉強して立派な人になるんだな。オーラ、よしよし」

馬が停まった。

「さあ、ずいぶん遠くまで来ちまった。もうよかんべえ。じいさんが心配しとるだろうから、もう帰ってやれ」

「心配なんかしてへん」

「そったら憎まれ口、たたくもんじゃねえ」

ずっとこのまま荷馬車に揺られて、利根川の方まで行きたかったが、ヒロは素直に荷台から飛び降りた。

「おっちゃん、おおきに。こんどまた乗せてえな」

「よしよし。今来たこの道まっつぐ帰れば、ぼんとこの家の前に出るでのお」

臭い肥え桶を積んだ荷馬車が、白いまっすぐな道をだんだん遠く小さくなりやがて曲がって見えなくなった。

不思議な人だと思った。兵之輔がお宮大工だったことも、キンおばあさんの父親が児玉というところで「秩父暴動」という事件にかかわったことも話してくれた。そしてヒロの心の中まで見とおしてしまうのだから。ヒロは馬車引きの老人と友だちになれたことが、何より嬉しかった。

それから間もなくして日本は、ミズーリ号というアメリカの軍艦の上で、戦争に負けたことを認める文書を連合国側と取り交した。そのころからだった。アメリカ兵が日本のあちこちに見られるようになった。彼らの乗ったジープを本庄の街で見たという噂を、この家の誰かが聞きつけて来た。

そんなある日、高く昇った太陽の光が庭や桑畑にぎらぎらふりそそぐ午後のことだった。暑い日だった。赤城山の頂にかかった白い雲が、ゆっくりと東の方へ動いていた。ヒロと義男は庭の大きな桜の樹に登っていた。夏の終わりを告げるツクツクボーシが、さっきから枝のあちこちで啼き声を競っている。

ヒロより高い枝に登った義男が、ツクツクボーシに負けないくらいの大きな声で唄いはじめる。

赤い血潮の予科練の

七つボタンは桜に錨
今日も飛ぶ飛ぶ霞ヶ浦にゃ
でっかい希望の雲が湧く

そこまで唄った時だった。駄菓子屋の小柄な女があたふたと下を通りかかった。そして頭上の二人に気づくと顔を仰向け大声を放った。

「二人とも、すんぐ来なせえって」

ただならぬ様子で両手を上げ何か叫びながら、家の中に入って行った。女のことをいつかシヨが、少し頭がへんだから嫁に行けないのだ、と言った。

義男は今の声が聴こえただろうに、知らん顔して唄いつづけている。で、ヒロもそのまま樹の上にいた。樹の上からは赤城山からずっと左に眼を移して行くと、秩父の山々も近くに見えた。ずっとここにいたかったが、こんどは和子が、家から飛び出して来た。いつにない険しい顔で従弟たちを見上げて言った。

「そんなとこで何をしてるの。アメリカ兵のジープがこっちに向かって来てるっていうのに。みんなして隠れるんだから、早く降りて来なさいっ」

「アメリカ兵?」

ヒロと義男が同時に問い返し、われ先にと桜の樹から降りた。

和子の後について家に戻ると、祖母が縁側に座っていた。

「おばあちゃん、ほら逃げよう」

そういって和子が近づくと、見えない黒い眼を大きくして睨みつけた。

「いいんだってば。おらみたいな年寄りを誰がどうする？　どうもしやしねえ。おめたちはぐずぐずしてねえで早ぐ逃げろ。和子みてえな娘っこがいちばんあぶねえんだてば。早ぐ逃げろったら」

両手を振ってみんなを追い返し「よいしょ」といって膝をそろえ、誰がなんといおうと、もう動かないぞという感じで仏壇前に座りなおすのだった。

空襲の夜のことがヒロの脳裡をかすめた。あの時も、イサオのところに行く、セイジのところに行くといってきかなかった。いったいキンおばあちゃんはどうしたっていうのだろう。アメリカ兵の赤鬼に殺されるかもしれないのに。

仕方なかった。祖母を残したままヒロたちが、母屋から少し離れた古い納屋（以前は蚕をそこで飼っていたらしい）の、二階の天井裏に上がった。シヨと修次、二人のおばたち、それに兵之輔と駄菓子屋の頭のへんな女が、今は使わなくなった蚕棚の間に一塊になって座っていた。壁の小さな明りとりのほかには光がさしこまないので、やっと顔の見分けがつくほどだった。まっすぐ差しこむ光の束に小さな塵の粒々が舞っている。

いつも蜂の巣をつついたように賑やかなおばたちが、今は脅えた顔を向け合い声ひとつ立てなかった。体を固くし静まりかえっているのがヒロにはびっくりするほどおもしろい。シヨの傍に座ると気持ちが落着いた。やっと眼が暗がりに慣れてきた。あちこちに蜘蛛の巣がある。屋根裏から垂れ下がっている煤が、あるかなしの風に揺れている。張りつめた時間だけが刻々と過ぎて行く。喘息もちの兵之輔が咳を我慢しているのが、苦しそうな息づかいで分かる。そのうちがまん出来なくなって、両手で口をふさぐと低くこもった咳を二つ三つつづけた。カツ子おばがその背中をさすってやる。咳がおさまるとまた沈黙が訪れた。

ヒロの中で恐ろしい想像が広がる。

アメリカ兵ってほんとうに赤鬼のような顔をしているのだろうか。背がものすごく高く赤い毛むくじゃらの顔の中の青い眼と魔女のような高い鼻。義男は、アメリカ兵は人間の腹を裂いて腹わたを食べるのだといった。ヒロがまだ小さい子供だと思って、桃太郎の話の赤鬼みたいなことをいったのだろう。そんなの嘘だと分かってはいたが、父親が殺されたのだからそう言うのもわかる気がする。だから黙って聞いてやった。

この時ふっと、鯛三の顔が浮かんだ。シヨのいうとおり、まだ死んでなんかいないような気がする。

どれほど時間が経っただろうか。ずいぶん長く感じられた。表にジープのとまる音がした。とうとう来た。アメリカ兵がやって来たのだ。ここに隠れているのが分かってしまうだろうか。見つかってしまったら？　自動車から降りたようだ。話し声がする。近づいて来る。どんどん近づいて来る。とうとう庭に入って来た。

「入って来た」和子が声を殺していった。二人や三人ではなくもっと大勢のようだ。キンおばあさんに何か話しかけたようだ。変てこなことば。ああ、おばあさんは殺されるのかもしれない。だから無理にでも連れて来ればよかったのだ。

互いに顔を見合わせて固唾をのむ。下の気配に耳をそばだてていると、とつぜん甲高い声が屋根裏の人たちをびっくりさせた。

「鬼が来たの？　いっぱい来たの？」

しまいまでいわせないで、シヨが口を塞いだ。声にならない声が洩れた。みんなの強い視線が、シヨの膝の上の修次を刺した。

「黙らせろ」

兵之輔が低くいった。するとまた咳が出た。いよいよ見つかってしまうのかもしれない。どんづまりだ。そしてみんな覚悟した。

この時だった。へんてこな一つのことばをヒロは聞き分けた。「キャベツ、キャベツ」

「畑のキャベツを取って行くのよ」

和子がささやいた。庭の前の野菜畑に入りこんだようだ。

しばらくして賑やかな声がまた戻って来た。それから笑いの間に「チョコレート」ということばが一つはっきり聴こえた。キンに話しかけているらしい。

やがて自動車のエンジンがかかった。そしてドアの閉まる音。自動車の遠ざかる音。屋根裏の人たちが、大きくため息をついて互いに顔を見合わせた。

「やっと行ったようだわね。もう大丈夫よ」

カツ子おばの声でみんなが立ち上がり、ぞろぞろ階段を下りた。

ヒロと義男が祖母のところへ駆けて行く。

彼女は何もなかったようにもとの位置に座っていた。傍にチョコレートらしい小さな箱が十個ほど置いてあった。

その夜ヒロは、高熱を出してうなされた。

……天井の隅で渦がぐるぐる回っている。渦は次第に小さくなり、しまいには赤い達磨の眼になってヒロを睨みつけるのだ。眼の中の白い部分の赤い血管が網の目のように浮き出たその中の、青い丸い瞳はアメリカ兵の眼なのだった。

「アメリカ兵が。ほらそこに……」

ヒロが起き上がり天井の隅を指す。

シヨが息子の額に掌をあてがい、眼を覗きこんでいう
「どこにもいないでしょ、アメリカ兵なんて」

昼間、蚕小屋の屋根裏で感じた恐怖が蘇る。熱いのに体のふるえがとまらない。

「ほらそこに来たっ、義男ちゃん、槍で殺して」

表に連れ出してシヨがいう。

「ほら、どこにもいないだろう」

ヒロが夜闇の中に眼を凝らす。ほんとうに青い眼はもういない。空にはたくさんの星がまたたいていた。

それから秋が来て、やがて冷たい赤城颪が毎日のように吹いていた。そのころ東京では、たくさんの人が飢え死にしているという話が、誰いうともなく聞こえてきた。その日も冷たい北風が、前の道路の土埃を舞い上げていた。みんなでさつまいもの昼ごはんを食べていると、一通の電報を郵便局の人が届けてくれた。
カエッタ　ジュウイチゲツ
ジュウサンヒ　ソチラニイク

それから一週間あまりショは、自分の浮き立つような心の中をつとめて顔に出すまいとしているのが、ヒロにはうすうすと分かった。で、ヒロもそうした。

十一月十三日。本庄駅の待合室ではヒロたち母子と兵之輔が、鯛三の乗っているはずの汽車を今か今かと首を長くして待っていた。ショが、来なくていい、というのに兵之輔はきかなかった。

「こんなときは親が出迎えるものだ」

そう言って杖をついて出て来たのだった。

一時間近く待ったような気がする。やがて黒い煙と白い蒸気を吐きながら汽車がホームに入って来た。シュ－ッと蒸気を出して機関車が停まった。停まると人々がぞくぞくと降りて来た。ねんねこで修次をおぶったショが改札口近くで爪先立ち、出て来る人の顔を一人一人眼を凝らしてたしかめている。ヒロと兵之輔は待合室のベンチに腰を下ろして改札の方を見ている。かなり経って、人の流れが少なくなった時だった。大きな背嚢を背負った見覚えのある戦闘帽の男が、きょきょろしながら改札から出て来た。ショの顔がぱっと輝いた。ショが何か短く声をかけた。黒縁の丸い眼鏡の顔が泣きそうにくずれた。頬がげっそりこけていたがヒロにはすぐ、自分の父親であることが分かった。

「ほれ、ヒロ、父さんが……父さんが帰って来たんだぞ。早く行ってやれ」

兵之輔が少し震える声で言いながらゆっくり腰を上げた。ヒロも立った。

向うもこちらに気づいたようだ。一瞬髭面がこわばったが、すぐ白い歯がこぼれた。

鯛三は手にした大きな風呂敷包みをシヨに渡すと、息子と義父の方につかつかと歩み寄って来た。そして軍靴の踵をそろえ、背嚢を背負ったまま背筋をただすと、右手を耳の側に挙げ兵之輔に向かって敬礼した。

「お義父さん、ただいま帰って来ました」

「ほんとうに……ご苦労……だった。よく生きて帰ってきてくれた」

兵之輔がおろおろと言い、それから短く咳きこみながら目頭を指先でおさえた。

「一人ぐらい生きて帰ってくれなきゃ」

シヨの眼から大粒の涙が湧いて、両頬を一すじ二すじつーっと伝い落ちた。

あんちゃん

空がどんより曇っていた。

豚小屋の脇のビンボーカズラの巻きついた桃の花が、かたい蕾をつけはじめた寒い日だった。夕映えの名残が、あたりをあわいオレンジ色に染めていた。

「船長、おるかい……?」

聴きおぼえのある声が、仔豚たちの啼き声にかき消され、しまいの方は聴きとれなかった。

掃除の手をとめスコップを持った中腰のまま、顔をねじ向けると柵の外に背の高い男が立っていた。逆光で、とっさには誰だか分からなかった。知って驚いた。あんちゃんだった。白い歯がなつかしく笑った。これで何回めだろう。

「あんちゃん」

と小さくいって頬をゆるめかけたが、顔がこわばっていくのが自分でわかった。このときぼくの心は、無意識のうちに防御の姿勢をとっていた。そんな自分がたまらなく嫌だった。ついこの間までぼくらはクニヒロさんのことを「あんちゃん」、と親しみをこめて呼んでいたのだったから。

また、給料の催促なのだ。母の顔が浮かんだ。

ぼくは床にぺっと唾を吐いた。ぼくの態度に眉の濃い細面の顔が一瞬くもった。大きな眼がまっすぐにぼくを射ってき、なつかしそうに笑いかけたので戸惑ってしまう。が、ぼくのなかにはすでにかたい敵意が芽吹いていた。柵に両手をかけこちらを見ている若い元船乗りに棘のある一瞥をくれると、ふたたび腰をかがめてスコップを握りなおし仕事をつづけた。予期せぬ事態に当惑する視線を背中に感じながら。

意識するぶん手元に力が入り、コンクリートの床がガリガリ鳴った。かたい糞の塊がスコップの先をころがり、群がっていた銀バエたちが鈍い羽音をたてて飛び立った。

給餌前の仔豚たちの啼き声はすさまじい。去勢したときにちかい悲鳴。あんちゃんが何かいったが、十三頭の悲鳴があんちゃんの声をかき消した。あんちゃんが困った顔をした。給餌箱に集まる仔豚を母豚が邪険に鼻で追いやり転がした。

いまでもあんちゃんのことは好きだった。なのにぼくのなかのなにかが親しいなつかしさをしりぞけ、思わずつっけんどんになってしまうのだった。そんな自分にぼくはいいようもなく苛立つ。

「おーい、ヒロシ、船長は？」

さっきよりオクターブ高い声が、ぼくのまるめたかたい背中にやっととどいた。ぼくの態度におこっているのだろう。だがこんどもまた首だけふり向け、「父ちゃんは、おらんぞ……母ちゃんはおるが」と、尖った声を豚たちの悲鳴に負けじと放る。

当惑する顔のなかの探るような眼がぼくからそれて、尻を向けている母豚のピンク色の性器にとまった。ぼくのいびつな微笑があんちゃんの照れた笑いを誘い、かつてのなつかしさが回復してくる。ささくれだつ気持ちが胸の内がわからとけはじめる。

一ヶ月ぶりだろうか。

今日は肩にトランジスタラジオを下げていない。油のしみた船員帽もない。もう船には乗っていないのだろう。そういえば顔がすっかり青白い。ぼくはひそかに失望し、さらに彼がいま暮らしにも困っているらしいことを直感した。胸がきゅっと痛かった。

ぼくはスコップを小屋の外にことさら無造作に放り出すと、あんちゃんの方へ向かった。それから高さ一メートルほどの柵に片手をかけ、ゴム長の足に弾みをつけ外に飛び降りる。その大人びた動作が、あんちゃんの眼をとらえたかもしれないのを眼の端にとめながら……。

「そうか、今日もおらんのか、船長は」

肩を並べて歩き出したとき、元船乗りがぼそっといった。ぼくはそれには答えず豚の糞を黄色くつけたゴム長の先ばかり見つめながら、家につづく狭い急な石段を上った。肩と肩の間を（あんちゃんの肩が少し高い）以前には感じたことのない、よそよそしい空気が濃密にまとわりついてきた。

母はなんとするだろう。今日も払うカネなんかあるわけがない。

「ヒロシは何年生になったか?」

声の調子が以前と変わりなくやさしい。

なつかしそうにいうな。変わらぬやさしい響きにぼくはいよいよこんがらかり、いっそう自分をみじめに感じた。

「中二……そしてから、こんど三年」

つっけんどんにいう。そしてこの幼稚な返答に頬が赤らむのをおぼえる。父にかわって、対等に対峙しなければならないという意識がぼくをつよく支配していた。かたくなさの裏の切ない気持ちをふっきろうと、あんちゃんの眼を感じながらゴム長の先で傍の拳大の石を蹴とばすと、予期したとおり親指の先に激痛が走った。

「早かなあ、おれが幸生丸に乗ったときはヒロシはまあだ、こんな小さかったんぞ」

ズボンのポケットの左掌を自分の胸の前に出して、丈をはかる仕種をした。ぼくは「あっ」と思った。掌に小指がない。小指がないのは知っていた。知っていたがいま眼の前に見るとやっぱりびっくりした。小指が付け根のところからない。そこが火傷あとのようにつるつるになった掌を見つめていると（ほんの一瞬だったが）、あんちゃんがその手をさりげなくまたズボンにつっこんだ。

去年の暮れまで父の幸生丸に乗っていた。父たちと一緒に荷の積み下ろしや綱取りや甲板洗いが仕事だったが、船の中で飯も炊くのでぼくらは「めし炊きのあんちゃん」といっていた。週に一度か二度船が島の港に入ると、ぼくの家に泊まって行った。

島の港に停泊している幸生丸からぼくの家まで来るのに、いつもトランジスタラジオを肩に下げ、流行の美空ひばりの「ひばりのマドロスさん」をボリュームいっぱいにかけながら、長い足で軽快にリズムをとるような歩き方で坂道を上ってくる。白い船員帽の若い船乗りは、すっかりぼくら兄弟の友人だった。妹のハル子は石段を上ってくる姿を目ざとく見つけると、すっとんで行き腕にぶらさがる。それから仔犬のようにべたべたじゃれつく。あんちゃんもそんなハル子をいちばん可愛がっていた。（女の子だから）ぼくは小さな焼餅を焼いた。

相撲をとる。あんちゃんが三度に一度はカブトムシがひっくりかえったように大げさに転がされるので、弟のコージが眼を輝かせ「もういっちょう」と本気で挑みかかる。母が重油と汗の臭う作業服をむりやりはがして洗ってやる。

いつか洗濯しながら母が声をひそめていった。

「朝鮮人なんだよ」

「朝鮮人？」

ぼくは聞きなおした。しかしそれはずっと、ぼくの意識の外にあった。

戦争中済州島から端島（軍艦島）炭鉱に連れてこられた父親はあんちゃんがまだ小さい頃、坑内の落盤事故で虱のように潰されたのらしい。彼と二人の妹は母親一人の手で育てられたのだという。中学を出たばかりのあんちゃんを父がどういうつてで幸生丸に乗せたのか、ぼくは知らない。

「それはお前、苦労して育ったから人間ができとるんよ」

母がほめるので「貧乏の苦労はうちも負けんがあ」とちゃかを入れると、

「貧乏は母ちゃんのせいじゃなかぞ」

と落ちくぼんだ眼でぼくを睨んだ。父のせいだとでもいいたげなうらみがましい眼を。

幸生丸はくすんだ緑色の、百トン足らずの機帆船だった。錆だらけの焼玉エンジンは気まぐれだった。ときどきすねてとまると、幸生丸は航海中立往生してしまう。船腹が孕み豚のように出張った不恰好な老朽船。船倉からはみ出すほど坑木や砂利、セメントなどをいつも喫水線いっぱいに積んで、長崎港と近辺の炭鉱のある島々の間を航行していた。

「幸せを生む船ってばい。おかしかねえ。なあん、名前負けしたとさ」

去年の暮、父が船を下りることになったとき、母がいった。その恨みがましい皮肉を、ぼくはいまさらみじめな可笑しみを噛んで想い出す。

幸生丸は差し押さえられ人手にわたったのだ。多額の負債だけが残った。質屋の「三根」にもかなりカネを借りていることもぼくはそのとき知った。そこの息子が同級の二年三組にいた。唇が赤く顔色がぬけるように白い小柄な、ちょこまかと落ち着きのない子だった。借金があることが分かってから、ぼくは彼に対してかつてのように自然にふるまえなくなった。向こうでもぼくのそんな変化を嗅ぎとったらしい。ぼくらは必要以外言葉をかわすことがなくなった。

お人好しで商売の才覚もなかとに船ば持つけんさ、船を廻すたびに損しとったばい。母が口をきわめて父を非難した。お人好しは生きていくのに苦労する、と母はいう。そうだとすると悲しい。人間というのがわからなくなってしまう。

商売が下手だけではなくほんとうの理由は、父のいうとおり炭鉱のあいつぐ閉山で仕事が少なくなってきたからだろう。去年あたりから幸生丸がたびたび何日も、島の岸壁にロープをつないでいることが多くなっていた。学校の行き帰りに幸生丸を見ては、胸にぼんやりした不安を抱いていた。その点では父に同情する。しかしあんちゃんの給料をいまだに払っていないのは、ぼくには感情として納得出来なかった。あんちゃんにすまない気がした。あんちゃんの身になって考えるとやはり父に対して反発を覚えてしまう。何とかしてやれないのだろうか、と。そんな父をぼくはやはりふがいないと思った。

陸《おか》に上がってからの父は、三反歩の段々畑を耕し豚を飼い、あいまに土方をしたり近所や親戚の家の大工まがいの仕事で現金収入を得て、ぼくら六人家族の口を養った。そして方々の借金取りから逃げまわっていた。かわりに母が米搗きバッタのように百ぺんも頭を下げ言い訳し、さんざん悪態をつかれ頭から小言を浴びたその夜は、落ちくぼんだ眼で父を罵った。尖った物言いの礫は、長男のぼくにも飛んできた。

今日もどこかの土方仕事に出ているはずだった。そろそろ帰るころだが、どうするのだろう。

縁をあわいみかん色に染めた夕焼け雲が、対岸の野母半島の八郎岳をかすめて北の方へゆっくりと動いていく。風が出てきたらしい。裏山のダテク（暖竹）が白い葉裏をかえしてさらさらとさやぎはじめた。あんちゃんへのかつての親しさが今の尖った感情になじめず、ぼくは気持ちがちぐはぐだった。

「船長は、今日は、畑か?」

あんちゃんがきつい調子で聞いてきた。ぼくの心の中を探るように横からぼくの眼をのぞきこむ。

「知らん」

まといつく視線を払いのけた。

石段を登りつめ、庭に出たところでハル子がぼくらを目ざとく見つけた。

「あんちゃーん」

なつかしさを顔いっぱいに表し前のめりに駆けて来た。短いオカッパの髪をゆらし顔中に嬉しさをとめて。なにもわかっちゃいない。

「母ちゃんはどこにおる? 畑か? あんちゃんが来たって。呼んで来い」

妹に投げる声がとげとげしい。

「裏の洗い場」

いうのももどかしげに小さな妹が、元船乗りの腕にぶら下がりじゃれつく。

「あんちゃんが来たどお」

木戸をくぐると、ぼくは荒げた声をうす暗がりの土間に放りこむ。

「母ちゃん、おらんとお？」

洗濯板をまわして桶の中の芋を洗っているらしい。水音がとまる。

「また、芋か」

聴こえよがしにいってチェッと舌を打つ。芋ばかり食っているところへカネを取りに来たってあるわけないじゃないか。

ぼくはどうしてこうやさしくなれないのだろう。あんちゃんにも父にも、すべてにだ。いつも全身いばらの棘をまとって……結局そのかたい棘はぼくに向かって刺さってくるのに。

母が息を殺している。だが嬉しがっている妹が短いスカートをひるがえし駆けこんで行く。

「あんちゃんがきたよう」

「あんちゃんがきたよう」

母が手をふきふき腰をかがめて出て来る。

「まあまあ、クニヒロさん……すいませんねえ、いつもいつも、ほんとに……なんども」

頭の手ぬぐいまで取ってみせる。

「いつもねえ、どこに行くともいつ帰るともいわないものですから、ええ、まあ、どうぞ上がって」

「いやあ、こちらこそ。どうもいつもごむりばかりいうて」あんちゃんが頭をかいて恐縮している。

頭をかくことはないのに。自分の方こそ迷惑をこうむっているのに。

「このごろは、毎晩遅いとですよ」

狸の空とぼけ。母がぼくに目くばせする。

「じゃあ、上がらして待たせてもらいます」

この前とはちがう。今日は言葉の端々に「今日こそはどうでも払ってもらいますよ」と強い気持ちがこもっている。この間とは意気込みがちがう。態度がちがう。ずかずかと上がりこむと囲炉裏端にどっかと座りこむ。泊まっていくときいつも座っていた場所だ。この間電気がとめられてから、日がくれると母かぼくが囲炉裏に火を入れる。樫の小枝がぱちぱちはぜ、炎がたってあんちゃんの顔に赤くちらちら映える。

「いま、お茶でもいれます」

あんちゃんの思わぬ強い態度に母がおろおろ立って行く。

「奥さん、待たしてもらうだけですけん、かまわんでよかです、ほっといてください」

そう、ほっとけ、ほっとけ。

いつにない他人行儀な物言いも気になる。あれほどほんとうの兄のようにうちとけていたのに。囲炉裏の火に照らし出された家の中を、いまはすっかり青白くなった端正な、思いなしか以前には見られなかった冷い影を映した横顔が、なにかを探すふうにじろじろ見まわしている。カネにかわる物でも物色しているのだろうか。ぼくには彼が、もうすでにぼくからずっと遠いところへ行ってしまったように思われた。自分にともあんちゃんにともいえないいきどおろしさにまみれ、皮肉のひとつもいってやろうと思ったが、いえば取り返しのつかない深い溝ができてしまいそうな気がしたので言葉をのんだ。

「あんちゃん、おれまだ仕事が残っとるから」

囲炉裏端に声を放ったが、自分でもその声が冷たく聴こえたので言葉をつづけた。

「ゆっくりしていかんね」

腹のなかと逆のいい方。そんなぼくのことをすっかり読んで、いやなやつ、と思っているかもしれない。

ダテクの葉を返す冷たい風が胸の中に吹きぬけていく。ぼくは涙ぐみながら豚小屋へとつづく石段を、ゆっくりもどって行った。

船乗りになればトランジスタラジオも持てる、と小学生のころ思っていた。あんちゃんがそういったのかも知れない。だがぼくが船乗りになろうと本気で思うようになったのは、彼の仕事を見てからだと思う。

逆転クラッチを入れた幸生丸がアイドリングしながらゆっくりと接岸する。太いロープを持ったあんちゃんが、舳先から身をのり出してかまえている。あと一メートル。操舵室の窓から顔を出した船長の父が、なにやら大声で合図する。するとあんちゃんの体が海の上を軽々と飛ぶ。太いロープがキャプスタンに素早く巻き付けられ、きしきし呻きながらぴーんと張る。船長が窓から煙突をハンマーで叩く。機関室の福吉さんがエンジンをとめる。

ぼくの乗る船は幸生丸のように煙突をたたいて合図したり、波をかぶったら沈みそうな船ではない。リバプール、シンガポール、マドラス、上海。世界中の港をめざす真っ白い大きな船だ。幸生丸の飯炊きのあんちゃんの、海を飛ぶ背中の向こうにぼくはいつも、はてしなく広がる世界の海を想い描いていた。

山ひとつこえた炭鉱の大きな病院から出る残飯を、おおこ（天秤棒）のあとさきにぶら下げた石油の空き缶にこぼれるほどいれて担いでくる。もらってきた残飯を、ドラム缶を半分に切った大釜にぶちまける。素手をつっこんでかきまわし箸や棒切れなどの異物を探して取り出す。水を加えて煮たてる。豚小屋の掃除、十三頭の仔豚親豚のブラシかけ……

それらいっさいの作業が、学校から帰ったぼくの日課になっている。ぼくはそれを苦痛に思ったことはない。大人並みに仕事を任され、自分の手で仔豚たちが日ごとに大きく育っていくのが、糞尿とすえた残飯にまみれたきつい労働をはりのあるものにしてくれるのだった。

方々に借金があるという意識が、なんにつけ級友たちとの異なる立場を自覚させ、学校は日ましに面白くなくなった。内向するその思いはぼくのなかに、父へのどうしようもない感情的な反発となって醗酵していた。そして固い殻のなかから世の中を覗いて呪った。世の中にはなぜ父のように働いても働いても貧乏な人間と、三根のような大金持ちがいるのだろう。

放課後野球やバスケットのクラブ活動に励む級友を尻目に、ぼくは逃げるようにして校門を出て来る。（早く中学を卒業し一人立ちしたい、船に乗りたい）それればかり考えながら。

けたたましく啼き騒ぎまとわりつく仔豚を蹴とばし追い払いながら、給餌箱に湯気の立つ残飯をぶちまけているところへ父が帰って来た。父はこちらに一瞥をくれただけで、すぐに家につづく石段を上りかけた。で、（少しは豚のことも覗いて見ろ）とむかついたが「あんちゃんが来て待っとるど」と灰色のナッパ服の広い背中に声を投げた。それから

「あ」と思った。ほっとけばよかった。

「ええ？　なんてや」

足を止め振り返った顔が暮色の中で一瞬歪んでかたまり、石垣の上のわが家を見上げた。

さて、どうするつもりだろう、と思っているとき父がくるりときびすを返し下りてきた。

「そうか、クニヒロが来とるのか」

柵に手をかけ、日焼けした顔が息子を見つめしばし思案している。ぼくの顔からなにかを読みとろうとするかのように。

さあ、どうする？　ぼくは少し意地悪な気持ちになり石油缶を柵の外に放り投げた。石油缶が放物線を描いて落ちて転がって、がらんがらんと怒っているような音をたてた。

「ばってん、今日は父ちゃんの帰るまで待つつもりぞ」

冷やかに言い放った。さらに「どうすると？」と追おうと思った言葉をのみこんで父の顔をのぞくと、父はぼくをまともに見てからばつ悪げにひきつった微笑を浮かべた。

「ちょっと、今日はそのあのう、用が出来たけん出かけてくる」

口ごもりあわてていった。出まかせのしらじらしい嘘が気にいらなかった。

「ばってん、用ってなに？　今ごろ、どこへ？」

口を尖らせいいかえすと、それには答えず、

「帰って来たことというな」と困ったような顔が、わかっとるだろうが、と眼でいった。

「ばってん、どういえばよかと？　母ちゃんが困ろうもん、父ちゃんはそれでよかさ。なんていうて帰ってもろうたらよかと？　今日も手ぶらで帰すと？　どっちみち、あんちゃんにもなんとかしてやらんばさ？　父ちゃんはいつもその手たい」

憤りと情けない感情が入り混じり、瞼の裏で涙がぷくっとふくらんではじけた。冷たいものが頬を伝い落ちた。

「なあん、最終船で帰るって、お前がよけいな心配せんでよか。おれはおれで考えがある。悪いようにはせんさ」

「それならそれで、今からちゃんというてやればよかじゃなかね、あてにして来たとじゃけん。逃げまわらんでも」

父にこのように強く向かったのはおそらくはじめてだった。言葉のしまいのほうがふるえた。

「なんもわからんお前が、親に向かってきいたふうな口きくな」

色をなして一喝した。ひきつったような顔を息子からそむけ、くるりと背を向けた。それから今来た石段を駆け下りて行くのだった。涙がじわっと湧いた。救いようのないおそ

ろしい生活。

最終船は本村港の桟橋を二十時二十分に出るはずだった。あんちゃんはいま長崎市内の戸町で母親と二人の妹と住んでいる。まさか泊まってはいくまい。父はそれをよいことに逃げ出したのだ。相手がまだ若いし大人しいから?

ナンバン(機関士)の福吉さんがきたときは、撲られんばかりに責めたてられていたが、あれ以来こなくなったのは結局なんとか都合つけてやったからだろう。

すっかり暮れた空に、黒雲をまといつかせた弓張月が浮いている。ダテクの葉がさっきより騒がしくさらさら鳴っている。仔豚どもはふくらんだ胃袋を横にしていまはすっかり大人しい。

もどってあんちゃんに嘘をつかなければならないと思うとうとましく、石段を登る足が重い。井戸端でいつもの倍かけてゴム長と手を洗い暗い土間に入って行く。するとクド(かまど)の前にしゃがんで火を焚いていた母が、

「父ちゃんは今朝、なにも言って出んかったねえ、どこの現場とも」と中腰になって、囲炉裏の方に聴こえよがしな声を放ちちらっとぼくを見た。暗がりの顔がクドの炎に赤く映えた。ぼくは一瞬「ん?」と思ったがなにげない顔をつくって「ああ、なあんも聞いとらん」と、母に合わせ上ずった声をあんちゃんに向かって投げた。自分にとも母にともない

腹立たしさがこみ上げてきた。

その場しのぎに、すっとぼけて母に調子を合わせ、逃げた父とぐるになっている罪深さ、恥ずかしさ。

囲炉裏端にはすでに火が入って、あんちゃんがコージとハル子を相手に体をぶつけ合ってふざけている。その光景はかつてと少しも変わらなかった。が、今日のあんちゃんは小さい友人の執拗な歓迎を少々もてあましているふうだった。二人にまといつかれながら、ときどき古い柱時計に落着きのない眼を神経質に走らせている。

最終船で帰る、といったときの父の歪んだ顔がぼくの瞼の裏に焼き付いている。父にすっぽかされ（ぼくと母にもだ）今夜も手ぶらで帰るしかない元船乗りのことが、とても可哀そうになってきた。自責の念にかられた。するとなぜかこのとき予期せず、なつかしさが胸の底の方からふつふつとこみあげてきたので、ぼくの気持ちはこんがらかった。なにか話したくてたまらない気持ちだった。が、なにをどう切りだしていいのかわからず肩がこわばった。気まずい空気が立った。

「船長は、いつも遅かと？」

からみつくハル子を抱えて膝から下ろしながら、訊いた。

「うん、このごろはいつも十時過ぎ」

思わぬ嘘が舌先に転んだ。巧い理由だ。が、この問答をつづけるのはまずいと直感した。そのうちバレるような気がした。

で、「おまえらうるさかぞ、あっち行っとれっ」と弟妹を叱りつけ、回復しかけた親しい空気をぶち壊し話の腰を折った。電気がとめられ米も買えず、芋ばかり食っているところへカネの催促にくるからだ、どうなってもかまうものか。

予期したとおりあんちゃんの美しい顔がくもった。ふたたび気まずさが漂った。あんちゃんは哀しそうな顔をしたが、気をとりなおしたように人の好い親しみを回復していった。

「どうや、このごろ絵、かいとるか?」

ぼくの眼を澄んだ眸でまっすぐに射ってくる。ぼくは赤くなりたじろいでしまう。あの十八色の絵の具のことが想い出されたのだった。すると今の言葉さえ恩着せがましく聴こえ、ぼくの心を逆なでる。

あれは五年生に進級した春だったと思う。船が休みの日、長崎のデパートの四階の文房具売り場に連れて行ってもらった。

ほら、プレゼント。五年生になったお祝い。

長方形の箱を開けて見せた。十八色の絵の具だった。今まではせいぜい十二色しか使ったことがなかった。ぼくは豊かな色彩の風景画を瞼の裏いっぱいに描いた。これまで以上に上手な絵が描けるような気がした。

「ヒロシは絵が上手かけん、絵かきになるか」

「うんにゃ、あんちゃんのごと、船に乗る。ばってん幸生丸のごと小さか船じゃなかと」

「そうか船乗りか、ヒロシも」

あんちゃんがなぜかさびしそうに小さく笑った。

「このごろは忙しいけん、絵かいとる暇なんか、なかばい」

とりつくしまのないいい方だった。これでとうとうあんちゃんを遠くにつきはなしてしまったのだと思った。すると哀しみの奥で一種快感が走るのを覚えた。妙な心持ちだった。

「そうやろなあ、今母さんから聞いたぞ、ヒロシは豚の世話から畑からたいへんらしかねえ、勉強の時間もなかって。ばってん、ほめとったぞ、ほんとに助かるって、えらかもんたい、うん、ヒロシはえらか、えらか」

おだてるようにいう。自分が来たために意固地になって、やたら突っ張っている中学生の心の内がわをすっかり読んでいるらしい物言い。

「こんなものしかなくてねえ、クニヒロさん」

母がふかし芋を小じょうけに盛って上がって来た。

「いやあ、すいませんせん奥さん。かまわんでください」

そういってズボンにつっこんでいた左手を出して頭に手をやったとき、ぼくの眼はある抗しがたい力でその掌に吸いつけられた。小指のない掌。

幸生丸に乗って間もないころだったという。キャプスタンのロープに巻きこまれて潰されたと聞いていたのだったが、いままで小指のない掌のことはほとんど気にとめたことがなかった。それがなぜか今そこにばかり眼がいく。あっ、と思ったときには小指がロープに噛みこまれて抜けなくなっていたのだろう。幸生丸の重量をかけたロープが小指の骨を砕いたのだ。

ぼくはあんちゃんに対する自分の冷たい意固地さを後悔しはじめた。刺々しい意地悪なヒロシ。あんちゃんはそんなぼくのことを（ヒロシは変わったな、いやなやつ）と思っていることだろう。

妹たちを追い立て、母と三人言葉少なに向かい合っていると、なんとも気まずく息づまるような空気に押し潰されそうだった。

「さあ、どうぞ、おなか空いとるでしょうが。うちに来たら遠慮はいらんとよ。お母さん元気にしとらすですか?」

　母が重苦しい空気をふっきるように以前のやさしを滲ませていった。囲炉裏火の映えた赤い顔に媚びるような微笑さえ浮かべて。懸命に場をつくろうとしている母が、哀れに思えてきた。

「いや、いま戸町病院に入院しとるです。じつはそれでですねえ、今日いくらかでも……と思いまして……」

　しまいの方を口ごもり、ぼくをちらっと見やってから小指のない掌で頭をかいた。

「入院したらけっこうかかりますが、いまおれが遊んでるもんで」

「遊んで?」

　母が怪訝な顔をした。

「いや、その、失業中ってことです」

「ああ、仕事ばしとらんて、ことね」

「ええ、職安には行くばってん、なかです」

　それからあんちゃんはちょっとためらったようだったが、左掌を広げて見せてから、

「これですから……これって思われるとでしょうか」と、
　指のない方の人さし指を立てて左頬を上から斜めに切る仕種をした。こわばった微笑に

頬をひきつらせながら。

「世間さんはそう見るとですねえ。そんなわけですから、今日いくらかでも融通してもらえんでしょうかねえ」

指のないことで泣き言を聞くのははじめてだった。たぶんたいした補償もなかったのだろうが、母にまでその責任があるかのように言いたて金の催促をするのがぼくには気に入らなかった。で、さいきん描いた八郎岳の絵を見せてほめてもらおうと思っていたのだったが、その思いを胸の底に沈めた。幸生丸に乗っていたときのことをもっと聞こうと思っていたのだったが、今はこの場にふさわしくないような気がした。幸生丸に遊びに行ったときの会話が昨日のことのように想いだされた。


あんちゃんの炊いためしは塩っぱかったぞ。

おおさ、海の水で洗うからな。

海の水で?

おおさ、しょんべん飛ばした海の水で米といでさ。

うわあ、よそわしか。

船乗りがそげんこつば気にして、どげんするね。

だが今のあんちゃんはすっかりよその人だ。母とぼくをこんなに苦しめているよその人。

姿をくらました父が恨めしかった。仕方のないことなのだろうか、逃げまわるより他は。この間来たときは、すぐにでも何とかするようなことをいって追いかえしているだけに、今日はどんづまりだ。

いつもは人の好い大人しいあんちゃんとはいえ、今日はちがう。最初から気がまえがちがう。指のないことまでいい出すのだから。母ならまだ父をタテに言い逃れも出来ようが父はもう袋小路だ、どんづまりなのだ。逃げるしかないではないか。

「父ちゃん、このごろ毎晩遅かとですよ。現場が遠いとですかねえ、まあ、どうぞ、どうぞ、芋しかなかばってん遠慮せんでよかでしたい、食べんしゃい。そうお、お母さんがねえ、悪かとですか」

あんちゃんは意地でも食べないぞ、っていう感じだ。母がわざとらしく柱時計を何度も見上げる。時を刻む音が張りつめた気まずさをかきたてる。ぼくは囲炉裏火の仄かな明るみに照らし出されたあんちゃんの青白い顔の中に、すでにあせりの色があらわれているのを感じた。それはやがて苦しそうな、そしておそろしく真剣な表情に変わった。

「いただきます」

あんちゃんが指のない掌を山盛りの芋にそろりとのばした。その不意の仕種が可笑しくぼくはいくぶん救われたような思いがしたが、こんどはその四本の指で芋を握っている手が気になりだした。見てはならないと意識するほど眼が行った。柱時計の針が八時をさそうとしている。最終便の船に乗るにはもうぎりぎりの時間なのだが、あんちゃんはまだ黙って芋を食っている。

暗がりの眼

いつも係留している船着場から幸生丸が消えた日だった。冷たい風が遠見岳から吹き下り、夏みかんの濃密に重なり合った葉をさわさわと白く返していた。

「何が幸せを生む、か。名前負けしたんさ」

夏みかんの樹の下でおふくろが聞こえよがしにいった。上のみかん畑でドクダミやビンボーカズラの下生えを刈りはらっているおやじが顔を上げ、夏みかんの樹の上のおれに苦笑を送った。揶揄を無視しようとするこのひきつった苦笑におれは一瞬うろたえ戸惑った。おやじは作業をつづけた。

「幸生丸」。たしかに皮肉だった。名前が良すぎたのだ、とおもいながら夏みかんの枝からとび下りた。下りてみかんを満杯にしたずた袋を手わたすとき、「もう言わんちゃよか」とおふくろに釘をさした。船の仕事が嫌になって人手に渡したわけではないのだから。

おふくろが上の畑にもう一度顔を向けた。その顔が寂しげに曇った。そのとがった視線のさきでおやじのふるう鎌の刃が、冬の冷たい夕映えをとらえて鋭く光った。おれはふたたび樹に登った。夏みかんはおふくろが明日、炭鉱の朝市で売る商品だった。今日中に大籠に二杯分取っておかなければならない。おれに任された仕事だった。

高枝に登ると上の畑のおやじと、また同じ高さの位置になった。おやじが、束ねたビンボーカズラをおふくろのいる下の畑に投げ下ろした。投げ下ろすその動作に、おふくろのグチに対するおやじの感情がこもっているようだった。

取り残した夏みかんの黄色が、赤みをおびてブドウ色に暮れなずむ空にカーンと映えた。このとき幸生丸に乗ったときの記憶が瞼の裏にふと蘇った。

百トンたらずの船だった。くすんだ緑色をした機帆船。石材や砂利、坑木などを、はらみブタのように不格好な船腹の喫水線いっぱいに積み込み、長崎近辺の炭鉱の島々や五島列島とのあいだを航行していた。

船が人手に渡る一か月ほど前のことだった。おそらくこのときおやじは、「幸生丸」が借金のかたにとられることになったので息子たちに思い出をつくってくれようとしたのだろう。

船長のおやじはこの日、そんな事情のあることは露ほども顔に出さず息子たちの前で頼もしい立派な船長だった。潮焼けした顔の明るい目をかがやかせ航海のことをいろいろ話してくれた。船長室にも入れてくれた。

「今日はヒロが船長ばい。舵をとってみろ」

おれはすっかり船長だった。

「舵に触ってもいいぞ」

おそるおそる舵をにぎる。もちろん後ろにはほんとうの船長が立っている。

前方から白い大きな船がぐんぐん近づいて来る。慌てて、

「前方、船接近」と、

近づく船から目を離さず大声で後ろに知らせる。足が震えた。

「右に面舵いっぱーい」

おやじが指示する。

胸をわくわくさせ大きな舵を力いっぱいまわす。けっこう重い。緊張の瞬間だ。背後からおやじが、舵をにぎるおれの手に大きな手をそえ、いっしょにぐるぐる廻してくれる。廻しながら船長が窓の外の煙突をハンマーで叩いて機関室に知らせる。それに応えて焼玉エンジンが天地をひっくりかえすような音で吠えはじめ、幸生丸が臆病そうに小刻みに震

えだす。

「減速」おやじが前方を指差しつぶやく。幸生丸は舳先を右に大きく切り、接近して来る白い大きな客船を巧みにかわす。五島通いの夕日丸だった。大波を起こして通り過ぎる。幸生丸が大きくローリングする。全神経を目と耳に集中し船長のつぎの指示を待つ。

「元にもどせ」

舵をゆっくりもどす。

幸生丸には機関室の福吉さんのほかにもうひとりいた。飯炊き兼綱取りのクニヒロさんだ。二十歳だとおふくろがいっていた。おれたち兄弟はかれのことを、「めしたきのあんちゃん」といってほんとうの兄のように慕っていた。

船長室に飽きるとこんどは垂直の鉄梯子をつたって機関室に下りていく。ナンバン（機関士）の福吉さんが、細い銅管が複雑に絡まった焼玉エンジンをウエスで拭いている。エンジンや機械のことをいろいろ知りたくなる。

機関室はすごい騒音だった。それにツーンと鼻腔を刺す重油の臭いと熱気がむせかえっている。しかし臭いも熱気も平気だった。質問すると福吉さんが機械やいろいろな計器のことをエンジン音に負けない大声で教えてくれる。喧嘩してるようだ。がっしりした肩をしている。鼻の大きい下唇の出た四角い顔をしている。おやじぐらいの歳だった。ふだんはほとんど無口でときどき顔にちらっと暗いかげを見せる。それがすこし近よりがたい印象を与えるが、いい人だとおれはおもう。

ピストンの単調な往復運動は見ていて飽きなかった。

「これが逆転機。バックするときはこのハンドルを入れる」

「これは？」

「スクリューシャフト」

ナンバンが仕事しながら答えてくれる。機関長になってもいいなとおもう。いろいろな機械や計器類に囲まれているとまるで別世界にいるようだ。もっといろいろ訊きたかったが忙しそうなので甲板に出る。濡れた潮風が頬に冷たく吹きつける。幸生丸が大きく揺れ波間に沈むかとおもったとたんに、波のしぶきをまともにかぶってしまう。びしょ濡れだ。甲板をデッキブラシで洗っていたあんちゃんが笑っている。

目をこらすと五島灘の水平線に、島影が黒くかすかに浮かんでいる。五島の福江島、とあんちゃんがいう。島影は次第に小さくかすみやがて水平線に沈んでしまう。

船と海はおれをすっかり虜にした。おれは船内をすみずみまでかけめぐった。そのうち弟の明光は青い顔して、操舵室うしろの寝棚に上がり蒲団にもぐりこんでしまう。船酔いしたのだ。

「ヒロは大きくなったら、何になるか?」

あんちゃんが聞く。

「父ちゃんのような船長になる。ばってん、幸生丸より大きな船たい」

「ハハ、幸生丸より大きい船か」

夕方、長崎港の大波止桟橋に着いた。

大きな白い客船が停泊している。白い船員帽を夕日に染め、袖口に金ピカの二本線の入った白い制服の人が、ゆっくりとタラップをおりて来る。たぶん船長だろう。外国航路だろうか。外国のどこの港に航海して来たのだろう。上海、香港、シンガポール、サンフランシスコ、リバプール。外国の港を知っているかぎり思い浮かべてみる。白い制服と袖の金ピカの二本線は未来のおれを外国航路の船長にした。

あのころがいちばんよかった。人に見下げられればかにされる貧乏人ではなかったのだから。幸生丸があったのだから。おやじがニコヨンではなく船長だったのだから。

なして父ちゃんは船を下りたと?

なして幸生丸はいなくなったと?

船が借金のかたにとられたことぐらいぼんやり知っていたが、おふくろに尖って聞いた。

父ちゃんが商売下手だからさ。ヒロは人にだまされんごと、しっかりした人間にならんばよ。おふくろの悲しみをおびた声だけが日がたつにつれ澄んで聞こえてき、心の襞々に赤黒く紙魚のように残っていた幸生丸への執着を消して行った。

貧乏がおやじのせいばかりではないことぐらい理屈としてはわかっていた。つぎつぎに炭鉱が閉山し、そのあおりをうけた幸生丸が長崎港の岸壁に停泊している日が多くなっていたのだから。理屈はわかっていても、心は循環小数のようにどこまでもわりきれないいま、やはりおやじにつっぱってしまう。つっぱり尖る自分が嫌だった。

船を下りたおやじは、三反足らずの段々畑を耕しブタを五頭飼いはじめた。それだけで親子六人が食っていけなかった。やがて村の失業対策事業のニコヨン（日雇い人夫）になった。

昨日からつづく冷たい雨が、庭に白い雨足を毛羽立てますますつよくなった。今日もおやじが仕事にあぶれた。畑にも出られず、狭い家の中をうろうろしていた。

「檻の中の熊んごと」おふくろが皮肉った。雨で仕事が休みになると日銭が入らないのでいらだっているのだ。その気持ちがよくわかった。おふくろはそもそもおやじが失対に入ったのが気に入らなかった。

九時ごろ雨がやんだ。落ち着かないおやじがどこかへ出かけようとしたところへ、

「すんまっせん、九電工からですがあ」と大声をはり上げ、紺の作業服の男が二人庭につづく石段を上って来た。若い方が肩に長い梯子を担いでいた。二人とも膝の上まである黒いゴム長靴を履いている。

「電気ば止めに……」年配の方がいいかけると、

「そがん、みっともなか、ばか声出さんでもよかが」

おやじが不快の念をからめた声で遮った。

「すんまっせん」

左腕に「九電工」の黄色い腕章をまいている五十年配の男が、作業帽をとってあやまった。鼻の下にまばらな短い口髭のある男があやまる恰好がどこか滑稽だった。急に声をひそめ腰を低くし、おやじに近づくと憚るように何か告げた。おやじは得心いかぬように首を横に振っていたが、

「ああ、そうか、まあしょんなかたい」と応じた。

家の中からおふくろが出てきた。

「だめっていうても、あんたら電気ば切りに来たとでっしょうが」

おふくろは切なさそうにからみ文句を投げつけた。

「ええ、そげんことになっとります。電気代が三ヶ月もたまっとりますから……おれどんにはどげんもこげんもできんことですから」年配のヒゲがそういって若い方に目くばせした。若い男はいかにも慣れた手つきで屋根の庇に梯子を立てかけると、猿のように身軽に上った。つづいてヒゲが上ったが、瓦に足をかけそこなったのか、太った体がぐらっと揺れあやうく落ちそうになって、ハハと照れ笑いした。

「瓦が濡れとるから気いつけてくれまっせのお。怪我せんように。瓦をわらんようにのお」

下から梯子をおさえてやっているおやじが、雨上りの青い空に向かって悠長な声を放った。

二人は屋根をつたって、枇杷の枝葉におおわれている引込線をはずした。十分もかからなかった。これから文字通り暗がりの生活がはじまるのだとおもうと、みじめったらしい感情が背後のおふくろを意識しながらおれの中で発酵した。どんづまりの事態になってなお、梯子を支えてやっているおやじの人の好さ呑気さ加減に得体のしれないいきどおろしさを泡立てながら。

夜、おふくろがローソクを灯した。

「停電ね？」

明光がローソクの揺れる炎を、何か物おもう顔で見つめながらきいた。わかっていて聞いたのだ。

「そう、今夜からずっと停電。じゃけん明光も美津子も、宿題は昼のうちにやっとけ。外が暗くなったらみんなすぐ寝るとだから。わかったな。これはどうしようもなかこと。貧乏は父ちゃんだけが悪いとじゃなかぞ」と、いちおう長男の立場を自覚してそういいおいた。弟や妹を励ます威厳に満ちた声に少し意地悪な調子をまぶしながら。そのいいぐさは石垣の暗い穴の奥で、目玉を光らせ赤い鋏を振り立て泡ぶく弁慶ガニの強がりだった。どこか悲しく滑稽な弁慶ガニ。

「ブタのごとある、食べてすぐ寝るなんて」

明光が頬をふくらませた。


おやじがニコヨンの労働組合（全日自労香焼分会）の委員長になった。最近のおやじの行動から察するに、なるべくしてなったようにおもわれた。わが家のことより組合の仲間の生活相談で飛びまわることが、このごろめっきり多くなっていたのだから。そのぶん、農作業やブタの世話や肥え汲みといった仕事がおれとおふくろの肩にかかってきた。おふくろのぐちが増えた。

ある夜、ローソクの灯りを囲んだ夕食のとき、おやじがいいわけするようにいった。

「組合の選挙で選ばれたのだから、しょんなかたい」

しかしおれには鼻の穴をふくらませた顔と声の調子から、そこにおやじの誇りのようなものも感じとれた。それが気に入らなかった。

それからおやじが「ちょっと出てくる」とだけいって、慌ただしく出かけて行った。どこへともいわない。それでいつもおふくろといい合いになる。何の用でともいわない。いえばおふくろの嫌味な変化球が百倍になってかえってくるからだ。

「炭鉱の坑内夫にでもなって、稼いでくれんばさ。借金はかえせせんが」

おやじが出かけた後、おふくろが悲しそうな眼でぼやいた。

「この間の落盤事故で坑内夫が何人も死んどるけん、怖いとだろうかねえ、女や年寄りとおんなじ仕事ばしてさ、情けなか。一日二百四十五円で親子六人どうやって食うていけっていうとじゃろか」

夫婦って何だろう。そういいたいのもわからないではなかった。貧乏は怖いとおもった。

おれはときどき学校を休んで、炭鉱のボタ山に登って石炭拾いをした。石炭を掘るときに出る土砂がトロッコで運び出され捨てられた中に、石炭が混ざっている。それを探して拾うのだ。ときどき炭鉱の監視員が見回りに来るので、そのすきにすばやく「仕事」をしなければならなかった。いちど年老いた監視員にみつかったが、見て見ぬふりをしてくれたので助かった。

同級の朝鮮人の張を誘って一緒にやった。石炭は炭鉱の選炭場に持って行くとトロ箱一杯で百円もらえた。もちろん親には内緒だった。しかしその「仕事」は三回で終わった。どういうルートか定かではないが、学校の知るところとなり担任の松尾先生に職員室でこんこんと説教されたのだった。学校を休んだことも親に知れてしまった。たぶんあの老監視員がタレこんだのだろう。

夏休みが終わった。また学校に行くのかとおもうと、うっとうしかった。ある晴れた日の昼休みだった。青びょうたんの頭の悪い三根が、学校のうしろの崖の工事現場ではたらくおやじたちのことを、「ニコヨンどんが」「ニコヨンどんが」と指さして笑った。放課後学校裏の八幡神社に連れ出して、張と二人でぶんなぐってやろうかとおもったがやめた。三根質店にはこの間の夜おふくろが、自分の着物を風呂敷に包んで出かけて行ったのをおもい出したからだった。着物は自分がこの家に嫁に来たときのものだった。

三根が笑ったとき近所の幼友達の清ちゃんが一緒に笑ったのが悲しかった。小さいころから仲良しだったのに。

まあだ子供だ。自分にそう言い聞かせると気が少し楽になった。しかし清ちゃんが遠くに行ってしまったような気がした。

その日午後の授業が終わったとき、松尾先生から職員室に来るように言われた。また悪い予感がした。こんどはたぶんたまっている修学旅行費の催促だろう。肚をくって行ってみるとやはりそうだった。張も松尾の机の脇にさえない顔して立っていた。女生徒が一人いた。その子の母親が炭鉱の選炭場で働いているのを知っていた。ほかの教師たちの視線を全身に感じた。見て見ないようなふりしてちらちら視線投げているような気がした。国語の若い洋子先生もちらっとおれの方を見た。これはかなりこたえた。

「この手紙を読んでもらって、ここに印鑑をもらってくるように」

担任はそう言うと何やら思惑ありそうな顔しておれを見た。

「元気ないぞ。どうした？　気にするな。お前はこのごろやたらつっぱっているかと思えばそうやって元気のない日がある。自分だけが世界でいちばんつらいような顔してるが、人生には誰だっていろんなつらいこといやなことがあるんだ」

そういっておれの肩に両手を置いた。すっかり読まれていた。

おれは一応神妙にうなだれて見せながら「なんびとも最低限の文化的で健康的な生活を

する権利がある。子供はきちんと学校に行く権利がある。日本国憲法二十五条にはそう書いてあるとですよ」といった酒見さんのかん高い声を耳の奥に蘇らせていた。

酒見さんもニコヨンだった。このごろよく家に来ておやじやおふくろを相手に政治の話などをした。

酒見さんは四十近くなるのに独り身だ。

「ヒバクシャなんかに嫁のきてがあるもんかね」

おふくろがいつか揶揄とも同情ともつかないいじわるい調子でいったことがある。それについておやじは何もコメントしなかったがあきらかにうんざりした顔を意味ありげにおれに向けた。酒見さんは旧制中学のとき戦時学徒動員先の三菱製鋼所で被爆したのだという。戦争が終わると長崎市役所に勤めていたのだったが、一九五〇年（昭和二十五年）六月、ＧＨＱ（連合軍総司令部）のレッドパージでクビになったのだ、とあとからおやじが話した。勉強の好きな頭のいい男なのにな、と最後につけくわえた。酒見さんとその経歴は興味をひいた。

洋子先生の見て見ぬふりの視線を背中に感じながら職員室を出ると、逃げるように学校から遠ざかった。しかし電気もないわが家に帰るのだとおもうと気が塞いだ。で、学校裏の八幡神社の境内から遠見岳につづく山道を登り尾根道に出た。そこからは五島灘が水平線まで見わたせた。海を見て歩いていると酒見さんの憲法二十五条が風に乗って追いかけて来た。「日本人は誰しも健康で文化的な生活をする権利があると」と酒見さんにかわって風がささやいた。

するると今日、保健の授業で高子先生がいった言葉がふとおもいかえされ不愉快になってきた。自分のタムシの頬を触ってみた。やはりざらざらしていた。誰が見てもタムシだとわかる顔。

アカギレとかタムシが出来るのはですね、タンパク質が不足しているからです。肉とか魚とか牛乳とか卵をたくさん摂るのです。高子先生がおれの方を見ていったのだ。あのときおれは、おもわずばかみたいに頬のざらざらしたタムシを指の先でなぞってみた。足にはアカギレが出来ている。霜焼けも出来ている。成長期のあなたたちは栄養価の高いいいものをたくさん食べないといけません、とおれの顔を見ていったのだ。

米も満足に食えないざまなのにどうしろというのだ。

「高子先生のばかやろー」

海に向かって大声で叫んだ。こんどいってやろう。先生は貧乏の苦労を爪の先ほどでもしたことがありますか。先生は背がすらりとしてきれいだしタムシもアカギレもありませんけど、貧しい家の生徒の心も読めないようでは嫁のもらいてもありませんよ、といったらどんな顔するだろうか。

風が強くなった。黒い雲が東の空にゆっくり動いて行く。芽吹き始めた柔らかいススキの穂を噛むと甘い香りが口の中に広がった。

家に帰ると庭に黒っぽい背広の男が二人、夏みかんの樹の下で輝政をおぶったおふくろと何やら話し込んでいた。一人は三十にもまだならない年恰好で顔の長い背の高い男だった。もう一方はずんぐりしていて、村民グランドの映画会で見た刑事のようなぎょろ眼で感じが悪かった。五十代半ばに見えた。

後ろ髪をひっつめたおふくろの油っ気のない髪が、風にあおられ額にかかりいっそう貧乏たらしく感じられた。暗い顔の下にあきらめとも怒りともつかない色を塗りこめて。

夏みかんの樹が白い葉裏を返し臆病そうにさわさわ揺れていた。雨が来るのかもしれない。いったい何者だろう。おふくろが何度も何度も頭を下げているのが気に入らない。最悪の予感がした。おれは強い警戒心に身をかたくしながらも、かれらの前を通るとき一応中学生らしく頭をぴょこんと下げてやった。

このときだった。おれの両眼は吸いこまれるように、年配の男がおふくろに広げて見せている一枚の白い紙にとまった。紙の隅に押されている四角な朱印を瞬間とらえた。まがまがしい真っ赤な角印が、裁判所という文字とともに抗しがたい威圧感でおれの眼を撃った。おれは一瞬ひるんだ。が、すぐ体勢を立て直さなければならなかった。

おふくろが深くもう一度頭を下げた。男が首を横に振った。

年配が若いノッポに目配せした。おろおろと立ちはだかるおふくろを押しのけるようにして家の中へ入った。それから低い声を交わしながら襖や障子を乱暴に開けた。すべての部屋をひと通り見終わると、めぼしい家具類に赤い荷札のようなものを手際よく貼りはじめた。おれは立ち会うおふくろについて歩いた。いわれたわけではないがそうした。

赤い札を貼られた家具がひとつ増えるたびにおふくろが唇をかたく結んだ。この光景はおれをうちのめした。息詰まるような空気が外光だけの薄明るい部屋部屋を濃密に支配していた。おれは彼らの仕事を呪い、悲しみにまぶされた敵意のかたい芽を胸の奥に育て一部始終を冷たく瞼の裏に焼き付けた。年配が太い首をねじって、

「おい、中学生。あすこにはどうやって上がるんだ」

と、囲炉裏の上の吹き抜けの屋根裏部屋を顎でしゃくった。その威圧的ないい方と、ずるそうな小さな眼にむかっときた。

だがおれは自分でも不思議なほど冷静さを回復していった。

「なん、お役人さん。屋根裏にはなんもなかばってん。唐蓑とか千歯こぎとか、タガのはずれた肥桶ぐらいたの。それに青大将の抜け殻とか。それでも上がって見るですか」

嘘も隠しもなかった。一昔前の農具が捨てるに捨てられず、クモの巣をかぶって放り込まれてあるだけだった。このジャブはまちがいなく男のみぞおちにヒットしたようだった。男は広い額の下の小さな眼を、びっくりしたようにせいいっぱい見開きおれを睨んだ。いらついているのが分かった。これは愉快だった。

頭が悪そうだな、と思った。

「子供はよけいな口きくな。あっち行っとれっ。奥さん、梯子はないですか」

「すいまっせんねえ、梯子はないです」

息子の虚勢に勢いを得たおふくろが毅然と顔を上げ、きっぱりいったのがせめてもの救いだった。おふくろがつづけた。

「どうしても天井裏を見てみたいのでしたら、上の時津さんの庭から屋根にわたたって」

「えっ?」

「ええ、裏の石垣の上から屋根をつたって。そうです、あの小さい窓から。なんなら時津さんに声かけてきますが」

二人は土間に下り低い木戸をくぐって家の裏にまわった。そして三メートルはある石垣の高さと庇の間の五十センチほどの空間をしばらく見上げていた。わたれるかわたれないか目測しているのだ。先日電線をはずした電工たちは長い梯子を用意して来たのに、この役人たちはそこまでおもいもつかなかったらしい。以前は納戸から屋根裏に直接上がれるように狭い急な階段がついていたのをおれと明光の部屋にするため、おやじが取り払ってしまったのだ。

「ほんとに何もなかですか」年配がもう一度きいた。

おふくろに代わっておれがこたえた。

「あそこでは今、十匹の青大将とクマンバチが冬眠しとるばってん。入ったらみんなぞろぞろ眼覚ましてしまうばい」

「ぺらぺらうるさいな、お前は。あっち行っとれ、中学生は。このばかたれが。奥さんもたいへんですな、こんなバカ息子をもって」

野良犬を追い立てるように手を振りまわした。するとおふくろが憤然といいつのった。

「バカ息子って、ああた、本人の前で。この子は世界で一番のよか息子ですよ。ああたに、いわれんちゃよかです」

そのいいぐさにおれはおもわず頬がゆるんだ。

おれは黙って二人の傍を離れた。

役人という人種には、やたら悪ガキぶってつっぱるのはかえってまずい結果になるかも。おれの中に損得勘定が閃いた。

このとき何をおもったかおふくろはおれの手首を掴むと、土間の隅に連れて行った。そして押し殺した声で釘を刺した。

「ヒロはこのごろ人が変わったように尖っとるばってん、いいかい、よけいなことしたらいかんばい。腹も立つだろうけどね、ここはぐっとこらえんばさ。どうしようもなかことさ、これは。母ちゃんにまかしとかんね」

男たちは土間に回り、ふたたび家の中に入った。桐箪笥の中まで開けさせたのには怒りより呆れてしまった。

「空っぽですが。それでも見てみますか？」

おふくろがさすがに頭にきたらしく気色ばんでいった。

「検分します。一応そうなっておりますから」

年配が事務的に告げた。

おふくろはいわれるまま抽斗をひとつひとつゆっくり開けた。醤油で煮しめたようなおやじの越中ふんどしを、おふくろが取り出し男の顔の前に広げて見せると、若いノッポが苦笑した。つづいておふくろは輝政のオムツとか、子供たちの貰いものの古いセーターなどつぎつぎに取り出した。むきになっているのが分かった。カネに代わるものは今ごろ三根質店の蔵の中か、あるいはとうの昔に流れている。

年配はあたりを見回してからこんどは、おれが使っている文机に眼をつけた。見逃してはくれなかった。祖父譲りの古い机。指示されてノッポがそれに赤紙を貼った。おれは斜めにかまえ肩を突き出して、彼を上目づかいに睨めつけた。すると端正な顔の憐れむような眼が、意味ありげにおれに注がれた。

「これは、ぜったい剥がすな」と、静かにいった。

「剥がしたら?」

甘酸っぱい懐かしさの感情に、ふっと足をすくわれそうになったのはなぜだろう。幸生丸のあんちゃんをふとおもい出した。

「面倒なことに、なる」

「面倒って?」

およそどうなるか想像はついたが、反抗したい衝動にかられあえてきいた。

「警察問題に」

翳のある顔が臆した声でいった。

「これはこのあとどうなる?」

「競売っていうてなあ」

おれをまともに見てことばを継いだ。

「あんちは中学何年生か？」

「三年」

「三年生か。勉強してるか？」

むかっときた。

「おれの、おれの机まで取り上げてから、勉強もなかろうもん。それはなかばい」

憤りと悲しみの感情が結晶し、つーんと鼻腔を刺した。じわっと湧いた涙が頬を伝った。不覚だった。最近のおれらしくもなく。ふくらんだ涙の透明な光の粒々で相手の顔の輪郭がかすんだ。

ノッポがあわてて顔をそむけた。この男に向かって物いうとき、幸生丸のあんちゃんに寄せていた親しみに似た感情が蘇ってくるのはなんだろう。悲しみにうち沈んだ顔がおれを戸惑わせた。

水産高校に行きたかった。担任の松尾先生が見せてくれた学校案内に、ハワイ沖の航海実習のことが出ていた。想像するだけで胸がわくわくした。

おふくろの代わりに親戚に米を借りに行ったときだった。さいきん米を借りに行くのはほとんどおれだった。借りに行くおふくろの気の重さはおれの十倍くらい重いのかもしれないと想像すると仕方なかった。

「ようやっと来年はヒロも中学卒業ねえ、高校はどうするとかね」

伯母が訊いた。

「水産高校に行きたか」

うっかり本音が口を滑った。失敗したとおもった。案の定これはまずかった。

「米借り歩くざまして高校もなかばい。貧乏人の子は早く働いて親を助けんばさ。ヒロは長男だろうが」

親は、行けとも行くなともいわない。いえないその心の内がわの暗い切なさをおもいながら裏山の尾根道に上った、夕陽に燃える五島灘を見つめていると心が固まった。で、先月松尾先生に伴われて島の対岸の漁港にあるF町漁業組合に行ったのだった。

卒業式がすんだらすぐ船に乗ってもらう。機関士の助手っていうてもなあ、綱取り、飯炊き、デッキ洗い、乗組員の使い走り、何でもやってもらう。その間に勉強すれば、なーん、君なら五年もすれば機関士になれるさ。最初は海が時化たら船酔いして血へども吐くだろうばってん、なーん、よか体しとるからすぐ慣れるさ。みんなそうして一人前の船乗りになるとだから。海はよかぞ、船乗りこそ男の仕事たい。水産国ニッポンを背負って立つ心意気をもって。先生もそうおもうでっしょうが。ははは。

頭にタオルを巻いた男が、たばこを立てつづけに吸いながら、脂に染まった前歯を歯茎まで見せて笑った。おやじより少し年上のようだった。組合の理事をしとります、と自己紹介した。悪い人間ではなさそうだった。これで将来一人前の船乗りになれるのだとおもうと、少し希望が湧いてきた。

はい、この生徒は段々畑の農作業で鍛えてますから体力は保障します。頭もそんなに悪くないようです。はい、クラスでいつも三、四番は下らない成績です。よろしくお願いします。

松尾がてっぺんが円形に禿げた頭を何度も下げた。最後にはおれの後頭部をぐっと押して一緒に深々と下げさせた。

「そうか、高校には行かんのか」

ノッポが憐れみのこもった視線をおれに投げかけ、ぼそっといった。

このときおれの脇に寄って来た年配が、

「あんちは勉強嫌いなんだろが」

と、よけいな口をたたいた。

(お前と同類項じゃないぞ)といってやろうと思ったが、おふくろが目配せしたのでやめた。そのかわりその愚かしげな細い目を睨みつけてやった。相手は眼をそらし逃げるように納戸に入って行った。おふくろがついて行った。ノッポもつづこうとしたが、何をおもったかふと足を止めふりかえった。それからおれをまっすぐに見てつぶやくようにこういった。

「あんちはほんとうは勉強したいんだろ。家が貧しいからって勉強出来ないことはないんだぞ。勉強する道はいろいろあるさ」

「道って?」

「働きながら勉強するんだ。人の倍の苦労はともなうがな。あんちならへっちゃらのはず。逃げたらだめだぞ」

片手で額にかかる前髪をかき分け、もう一方の手をおれの肩に置いてつづけた。

「ぼくの家だってなあ、あんちとかわらん貧乏だった」

「どうして?」

「戦争で父親が死んだんだ。そして戦争が終わった。それからは母親が天秤棒担いで長崎の坂を魚の行商して、ぼくと二人の妹を育ててくれた。鉛筆買う五円を母親にいえなかったなあ。売れ残った魚の籠担いで帰って来る母親の疲れ切った顔見たら、とてもカネのことといい出せんかった。あんちを見ていると、あのころのぼくに重なってなあ」

そこまで言って、指先で瞼を拭った。優しい人なんだなあ、とおもった。

「だから……」

「だから？」

おれは問いかえした。話にいつか引きまれていた。

「だから、昼間は造船所で働きながら夜間の高校に通った。それから大学まで行った。親にはカネは出してもらわんかった。あんち、貧乏を親のせいにしたり世の中をすねて悪ガキぶって、野良犬みたいに吠えたててもしょうがないぞ。世の中にはなあ、大金持ちもいれば食べる物がない貧乏な家もあるだろう。それをおかしいと考えたことあるか？」

「どうして？」

「どうしてって？」

「考えとるばってん、まだわからん」

「それはな、国の経済の仕組みからきている。まじめに一生懸命働いても多くの人が貧乏してる、そういう仕組みになってるんだ、世の中が。なぜそうなのか、ではどうしたらいいのか。それを考えるためにもあんちは上の学校行って勉強してみたらどうだ。勉強したらわかってくる。わかったら道は自分で見つけろ。これだけはいっておく。ぼくがいってることまちがってるか？　差押執行人のぼくたちを恨んでるだろうが、今これは仕方ない。世の中、仕方ないこともあるさ。ああ、そんな眼で見るな」

おれのなかで何かが急に萎んだ。喉がかわいた。だがおれはこのとき無限に力が湧いてくるような気がした。ふと松尾先生の顔が浮かんだ。このようにまっすぐ見つめてくる眼だった。

あれは三年生になった四月の進路相談のときだった。

ヒロは高校に行きたいのだろう。先生から親に話してやろうか。《はい》喉の繊毛にひっかかった言葉を飲みこんだ。よかです、ぼくは自分の道は自分で決めて親に話すからよかです。重い舌でいった。

「そうか」

教師はそれだけいい、探るようにおれの眼を見たのだった。

ノッポがつづけた。

「貧乏は人を鍛えもするが、だめにもするぞ。勉強は出世するとか、そんな、わがことだけのけちな了見だけでするんじゃない。ああ、なんていうたらいいかなあ、つまり、人間の幸せのために、つまり人間の歴史の進歩のためかなあ。まだ分からんだろうなあ」

終わりの方の言葉の中に、おれが日ごろ抱いている疑問を解くかぎがあるような気がした。ぼんやりわかったようでわからなかった。ひと言ひと言が理屈としては腑に落ちるのだが、その一方ではかわいた砂が指の間をさらさら零れ落ちて行くような非現実的なたよりない響きもともなって聞こえるのだ。ほんとうにおれのことを心配しているのはわかるのだけれども。

今は自分で稼ぎたかった。現実を考えると結論はそこに行きついた。まず働きながら、そこでノッポのいったことを考えてみようとおもった。そして漁業組合の理事長の狸腹と、大漁旗をへんぽんとひるがえして入港して来るおれの乗った船、機関助手のおれを瞼の裏に描いた。

「苦労した人はやさしくなれる」

いつかおふくろがいった。そうおもう心とは裏腹にノッポに対しても、今は心がささくれ立ち虚しく尖って行くのをどうすることもできなかった。差押執行人にもどったノッポは上司のいる納戸に入って行った。

その三日後の朝だった。雲ひとつない透明な空が広がっていた。庭から見える海が寒そうに白い波を毛羽立てていた。斜めにさす初冬の光が破れ障子を透かして遠慮がちに部屋の中にさしこんで来た。ブタのエサにする残飯を炭鉱の寮にもらいに行こうとしていたら、灰色の作業着の男が三人やって来た。おやじは仕事に出ていた。

一人が用件をおふくろに告げた。

「しょんなか、持って行きんさい」

おふくろが吐き捨てるようにいった。

三人は赤紙を貼られた家具をつぎつぎ庭に運び出した。手慣れた早さだった。それから陽気な声を朝のやわらかい日差しに弾きかえしながら、家具を抱えて石段を何往復かして下の道路まで下ろした。おれやおふくろと顔を合わせまいとしているのがわかった。トラックに積み込むまでに一時間もかからなかった。トラックが青い煙を吐いて役場につづく道を逃げるように走り去った。

「部屋が広くなったぞ。美津子、来てみろ、広くなったぞ」明光がさびしそうに面白がった。半分ぐらい事情がわかって、ことさら明るく振舞っているのだ。

ほんとうに家の中が、がらんどうになった。衣装箪笥や物入れのなくなった六畳間の真ん中にへたりこんだおふくろが、口をぽかんとあけうつろな目でしばらく家の中を見まわしていた。

「しかし、きれいさっぱり持って行きよったのお」

夕方、仕事から戻ったおやじが、微かな狼狽の色を見せ誰にともなくいった。それから日に焼けた顔を意味ありげにおれに向け苦く笑った。このときおれの中に優しい感情が満ちてきたのが自分で不思議な気がした。おやじに対する気持ちの変化の予感があった。

日が暮れた。明光がいったように広くなった囲炉裏の間のちゃぶ台の上に、おふくろが百匁ローソクを二本灯した。ちゃぶ台だけは持って行かれなかった。もっとも脚がとれかかっているので、売り物にはならないと判断したのかもしれないが。

いつもと同じ芋とイワシの夕食は、親も子も寡黙がちだった。いつもは陽気な明光までが元気なく話がとぎれた。おれは怒りとも情けなさともつかないぶつけようのない感情を体深く沈め、ノッポの言葉をおもい出しながら黙々と芋を食った。

「芋はもう飽きたばい。ほかに何かないと？」

ローソクの明りを顔に赤く映し美津子がふくれた。

「いらんていうても、芋しかないよ。腹の空いても知らんよ」

おふくろが顔を曇らせた。

食べ物のことではこれまで不満をこぼしたことのない妹だったので、おやじとおふくろが豆鉄砲くらった鳩のように一瞬ぽかんと顔を見合わせた。

「ぜいたくぬかすな、天皇の子じゃあるまいし。芋とイワシを食うとれば死なん」

大羽イワシに頭からかぶりつきながらおやじが「死なん」というところに力を入れていった。

「ばってんが、父ちゃん。芋ばっかり食うとるから教室で屁が出て困るばい。カメムシってあだ名されるしさあ」

明光の頓狂な声が暗くよどんだ空気の底を混ぜかえした。

こいつはいつもこんな調子だ。その場の空気を敏感に読んでわりこんでくる。

「がまんすればよかさ。うちはがまんしとるよ」

美津子の声に笑いが弾けた。おふくろがはらはらと可笑しがり、指で目じりをぬぐった。おれの中に優しい感情がふくらみはじめた。するとおやじがいった。

「戦争中は芋もなかった。みんなが腹を空かしとった。お前たちは芋でも腹いっぱい食えるだけ幸せとおもえ」

日焼け顔が親の威をまとい子供たちを見まわした。その眼がおれから逸れた。なにもなくなった暗がりの恥と惨めさなど爪の先ほどもとめていないらしい顔。そして「幸せとおもえ」がおれの神経の先にふれた。

「なんばいうか、父ちゃん。貧乏させて幸せっておもえ？　それはなかばい。今は戦争じゃなか。原水禁の組合のっておやじは出かけるばってん。少しも暮らしはよくならんじゃなかね。電気も切られてからに。世のため人のためもよかばってんが、芋作って麦蒔いてブタを育てて便所汲み取るとはみんなおれと母ちゃんにしわ寄せがきとるじゃなかね。家のことも少しは考えてくれんば」

おやじの顔色が変わった。こめかみがぴくぴく動いているのが暗がりでも分かった。ローソクの灯を映した眸が悲しそうに揺れておれを見つめている。息をつめて見つめ合った。一瞬だったのだろうがずいぶん長く感じられた。

親と子がこうしていがみあうのがやりきれなかった。ノッポは国の経済の仕組みといった。だが今はただ貧乏を怖いとおもった。そしてどう考えてよいかわからなかった。何でもいい。何か答えが欲しかった。おれはおやじの目を避け、ローソクの仄かな明るみの向こうの暗がりを見つめた。

おやじや酒見さんたちのやっている活動を、このごろ少し理解しはじめていたので、自分が今吐き捨てたことばを後悔していた。おふくろが二人の顔をおろおろ見つめていたが、座りなおすとおれに向き合った。

「ヒロ、そげなこと親に向かって感情にまかせていうもんじゃなか。あんたが間違ってる。父ちゃんだって、なにもいわんばってん、勉強の好きなあんたをなんとか高校には入れてやりたいって、いろいろ算段しとるんよ。ようく考えて物をいいんしゃい」

静かだが批判を受けつけぬ断固とした口調だった。

ローソクの頼りない炎がゆらめいた。

このときだった。たてつけの悪い裏木戸ががたがた鳴った。風？　とおもったら、

「こんばんわー」と、歌うような声が暗がりに洩れた。

「こんばんわー。ああた鯛さん、おらすとですかー、あ、痛っ」

ごつん、と鈍い音がした。低い木戸なので頭をぶつけたらしい。

酒見さんだった。今夜も会議か何かあるらしい。

「暗いですから、気いつけてくれまっせのー。ちょっと待ってくれんですか」

おやじが親しみの滲んだ声を暗がりにかえした。

「どうぞ」

そういっておふくろが腰を上げた。その影が障子に映って揺れた。

理由

年金法の「改正」で、受給開始の年齢が延ばされた。

私の場合、六十二歳に達しなければおりなくなった。あと四年ある。若い者でさえ就職難の昨今、この年齢でそう簡単に次の仕事が見つかるはずがないことは承知の上で辞めたのではあったが。

「よっ、きめたね、エリート営業マンの元所長。失業者じゃないみたい。ハハハ」

やさしさにいささか皮肉のにじんだ春子の揶揄に、思わず苦笑した。かわいた笑いに紛らせまっすぐ射ってくる瞳の奥に、不安のかげが揺れたのを、悔いに似た感情がとらえた。

「シツギョウシャ、か」

「早く、仕事、見つかるといいわね」

自嘲的な私の物言いを揶いとるかのように、妻が屈託なくいい、

「ほら、ネクタイ、曲がっとる、会社に行かんようになったら、もう……」

と、手術のあと、まわらなくなった首を上体ごと傾げ結び目をなおした。一週間ぶりに着る背広が、なんとなく体になじめなかった。機械関係のセールスエンジニアか営業の求人があれば、失業認定手続きのその足で面接に出向くつもりだった。春子にいわれるまでもなかった。雇用保険のある間にゆっくり探そうなんて心境には、とてもなれないのだ。とにかく職を失ったという厳粛な事実は圧倒的で、私を落ち着かなくするのだった。彼女には一応、退職が不可避であったかのようにいってある。そのようにしかいう術を私はしらなかったのだけれども。悔いがないといえばウソになる。

春子は表向き、仕方ないでしょ、善さんの考えがあってしたことだから、と理解は示してくれた。しかし、内心はおそらく（なによ、それって、恰好つけてる場合なの？　酒匂《さこう》家の血なのね……だけど善さんのは単なるお人好しの、手におえない鈍物だわ、いまこんな生き難い時代、人のために自分が身を引いて犠牲になるなんて……自分はそれで納得でしょうけど）と、眉間に刻む皺を深くしたはずだ。とにかく明日からの収入が失業保険を頼りにするのでは心細い。家計を預っている春子の立場になれば、夫と同じ目線に立ってばかりもいられないだろうことはわかっている。だから失業給付のある間はのんびり次の職を探そうなんて心境にはなれなかった。

母の言葉がはるか遠い記憶の底から聴こえてくる。

《貧乏しとるばってん、酒匂の家にはサムライの血が流れとるんだから強く正しい人間にならんばさ……弱い子をいじめるのは、ほんとうの強い子ではなか。ほんとうに強い子はやさしかさ》

小学二年か三年のころではなかったかと思う。同級生の質屋の息子に、消しゴムを盗った嫌疑をかけられ怒りにまかせて取っ組み合いの喧嘩をし、唇に怪我を負わせたのだった。足に少し障害のある子だった。母の声が遠くから聴こえてくる。涙声だった。

父がまだ失業していたころだった。母がある夜、自分の着物を風呂敷に包んで、その質屋に持って行くのを見かけたことがある。喧嘩したのはその数日あとのことだった。

サムライの何たるかもわからないまま、私は誇らしかった。居間の鴨居の上に、眉の太いどんぐり眼の曾祖父の肖像画が懸っていた。若いころ長崎の絵描きに描かせたのだという。母はその曾祖父を指していったのだった。強い意志を秘めた威圧するような眼で、いつも私を睨み下ろしていた。兵衛という名前が、いかにもサムライだった。もう武士のちょんまげではなかった。

酒匂の家は鍋島の支藩深堀の殿様に仕える下級武士で、西南戦争に参加している。中学

生の私がそれを質すと

《なーん、足軽か何かで……ばってん、天皇に弓を引いたからな》

と、父はどうでもいいようにいった。その話はそれきりだった。賊軍の汚名を被った曾祖父は、山林田畑を失い家を傾けた。

父は三菱長崎造船所の旋盤工だったが、労働組合の役員をやっていたためGHQのレッドパージで職を失った。それからは村の失業対策の土木工事の日雇いになり、そこに労働組合を作った。組合をバックに共産党から村会議員選挙に出て当選した。二十四時間私的生活のないような人であった。夜、たまに家にいるときには貧しい人たちがきて、明日の米がないといったような類の相談に，真剣に耳を傾けていた。

あのころ父と母はよく言い争っていた。母にしてみれば（他人のことよりも）と忸怩たる思いもあったのだろう。言い争いがはじまると私は、母の方に道理があるように思った。

その父も六年前他界した。胃がんだった。

長男の私は中学から高校へと長じるにつれ、父の生き方に対する矛盾した感情と疑問がせめぎ合い、父や曾祖父のように、お上や強いものに逆らって生き抜くほど強くはないのだという冷めた自我が形成されていった。工業短大を出て、爾来三十六年間、私が「会社人間」という「信仰」にすがってきたのも、父と曾祖父を反面教師とした屈折した思いが私の人生観の根底にあったのではないか。その思いをテコに身すぎ世すぎの波間を、あるときはズルさをさえ身にまとい、ひたすら家族のために働き、これまで泳ぎ渡ってきたのであった。

庭から道路へ自転車を出していると、隣家の矢沢夫人が両手にごみ袋を下げて出てきた。白いスコッチテリアが一緒に飛び出し、私を目がけてころころと駆けてくる。足もとにじゃれつく。

「モモちゃん、お早う」

磨いた靴を汚すなよな、こん畜生、と思いながら「よしよし」と　ピンクのリボンを結んだ頭をなでてやる。

「あら、お早うございます。今日はずいぶんごゆっくりで」

「ええ、今日はそのちょっと……病院に寄って行くものですから。この歳になると、ハイ、あちこちガタがきましてね、ハハハ」

「まあ、ご冗談を。まだお若いのに……ご無理なさらないで。気をつけて行ってらっしゃあい」

のばす語尾がわざとらしい。出まかせのウソと気づいているのかもしれない。会釈しながら私の背広から鞄、靴へと視線を這わせながら妙な笑みをちらりともらす。以前はこんな探るような眼はしなかったのに。

ペダルを踏み込むと師走の風が頬に冷たかった。

昨年、心筋梗塞で夫を亡くしてから急にふけたようだ。大学生と高校生の息子がいる。都心のコンピューター会社に勤めていた矢沢氏は、私より五つ六つ若かったのに、人の寿命というのはほんとうに明日がしれない。もう自分を偽らない納得のゆく人生を生きようと、葬式の祭壇の写真の　笑顔を見て思った。

《管理職になったものですから忙しくて》

亡くなるひと月も前だったろうか。剪定している高野槇の枝越しに小鼻をふくらませた笑顔が、いくぶん疲れた感じではあった。が、その語調には昇進を隣人に誇る気持ちが滲んでいたので、

《それはそれはおめでとうございます。忙しいのはけっこうなことですよ》

と、わが身の忙しさに重ねて答えた。

たしかに帰宅はたいがい夜十一時をまわっていたようだ。

《あんなに働いて、身体壊さなければいいですけどねえ》

人の亭主ながら春子が心配していた。
《今この国の管理職って、どこもそんなものだよ。仕事は毎日エンドレス。そしてサービス残業》
自嘲的なもの言いが気に障ったらしく、春子がやさしい非難の調子でたたみかけた。
《善さんも気をつけてくださいよ。所長だからって会社に忠誠つくして、責任を一人で背負いこんでるみたい。善さん、そういうとこあるから。仕事を家に持って帰ったりして。有給休暇だって今年になってまだ一回もとってないでしょ。言っておくけどあたしは亭主に出世してもらおうなんて思ってませんから。働きすぎて身体壊して、会社がめんどう見てくれるの？》
《女房どのに俺の生き方、とやかくいわれたくないな。自分の身体のことぐらい自分でわかっとる》
あのとき語気を荒げたのはなぜだろう。
会社人間のプライドを逆なでされたから？
自分の生きざまの隠れミノを、ひっぺがされたから？
あのころはほんとうに心身ともに疲れ切っていた。矢沢氏の突然死が人ごとではなかった。妻から死因を聞いたときカローシという言葉がとっさに脳裏をかすめた。それは彼女には言わなかった。

自分はどうか。休日も出勤したりした。朝ひとり出て椅子に掛け、机の上に積まれている書類を見ると先ず溜息が出た。そして底知れぬ虚しさに襲われた。しかし気合を入れると、「会社に生きるんだ」という意識が救い主のように現れ、私を慰め励ますのだった。

六年前に道路を挟んで向かい合わせ十戸の分譲住宅に、あい前後して入居した。この間、矢沢家だけでなく、それぞれの家に一通りではない紆余曲折があったようだ。どの家の庭にも四季おりおり花を咲かせ、一見そこそこ平穏無事な暮らしがつづいているかのようではあったが。

わが家は亭主が定年を前に、失業に見舞われたというわけだ。災難は他人に知られたくなかった。だがいつもなら七時きっかりに出勤していたのが、その時刻急に姿を見せなくなったのを、隣近所では何とささめき合っているだろうか。

（このごろずっと家にいるようよ）

（リストラされたのかしら？）

（でもあすこは息子さんたち二人とも結婚して独立しているし、なんとかやっていけるんじゃないの？）

（でも家のローン、終わってなければたいへんだわよね）

切れ切れの言葉が冷たい風にのって無情に聴こえてくる。

よけいなお世話だ。忌々しくなって腰を上げ思い切りペダルを　踏み込んだときだった。左足の膝の裏に電気が走った。運動不足と老化からきているのだろう。勤めているときでも、月に一度や二度の接待ゴルフでは運動といえたものではなかったし、部下との付き合い酒は、まごうことなく身体のあちこちを蝕んでいるはず。

要するに負けただけのことだったのか。憤怒の感情が胸の奥からつきあげてきた。吉田専務のように「会社人間」に徹しきれなかった悔いが、敗残の焦土に赤くちろちろ燃えた。向かい風がペダルを重くした。さきほどの膝の電気の痛みが鈍く疼いた。冬ざれの鉛色の空が、どこまでも陰鬱に広がっていた。


大阪重機械は一九三七年（昭和十二年）、先代の社長が創業した。日中戦争が始まった年だった。はじめは歯車の歯切りの賃加工だけの小さな町工場だった。が、戦争の時代、鉄鋼やセメントの増産につれ、それらの製造プラントの駆動部である大型減速装置を手がけるようになり、工場を次第に大きくしていった。さらに朝鮮戦争の特需を経て高度経済成長の波にも乗る。一時期は工場敷地一万坪、従業員五百人を超える中堅の機械装置メーカーとして、その名をつとに知られてきたのだった。

しかし、一九八〇年代後半からこの国は先の見えない長い不況のトンネルに入っていった。グローバル化が追い打ちをかけた。欧米の重機械メーカーが三菱や住友系列の機械メーカーと資本及び技術提携し、或は中小メーカーを傘下におさめていった。大阪重機械のように吸収を拒んで残ったところは、大資本の力の前に次第に市場を狭めていった。大阪重機械は何度かリストラを行い、規模を縮小してしのいできたが、業績はじり貧がつづいていた。

会社の歴史を知る年配の労働者のなかには《どこぞでまた、戦争でも始まらんかのう》と、半ば冗談とはいえ物騒なことを言い出すものもいた。

そして今年三月、部課長会議において、次期社長となる吉田専務からさらなるリストラ策が発表されたのだった。現在の二百五十人を二百五人に削減する。四棟ある工場の内一棟を土地ごと売却するという。《労働組合のご協力もいただいて》と、縁なし眼鏡の奥から猫のような用心深い眼をのぞかせ、吉田専務が私たちを見まわした。

四十五人の削減は、退職金二割増しの希望退職という内容だった。

この日の会議の冒頭、武田社長自ら、社長交代について表明があった。創立者の息子もとうとう経営権のない相談役にまつりあげられることとなったのだった。まだ七十はなっていないはずだった。会議室には来るものが来たかという重苦しい空気が、最初から支配していた。疲労の濃い顔で経営責任を陳謝する武田社長が、大柄な吉田専務の隣で小さく見えた。他方、吉田の批判を受けつけぬ断固とした口調の甲高い声が私の耳を聾した。

いつもなら武田社長の隣に座っているはずの製造担当常務と、もう一人資材部長の姿はなかった。二人は武田社長の側近といわれていた。この日の三日後、二人の辞職が発表された。

吉田は定時制商業高校から私と同期に入社している。私より二つ上だった。製造部から営業部、そして総務部長、専務とかけ上がり、ついにトップまで登りつめることになったのだ。経理に明るく実務的な能力もあるのは認めよう。しかし、その見えすいた出世主義と自己本位な言動、人をそらさぬ巧みな処世術が私には感覚的になじめないものがあった。職制上の差がついてからは、私はいっそう彼を疎んじ、取り入る努力を放棄した。彼の方でも私を煙たがっていた。その結果が八年前、私の東京営業所への左遷となったのではないか。そのころ私は武田社長の側と見られていたようだ。私は「私」を殺して、どっちつかずに身をおく器用な芸当ができなかった。半端な「会社人間」だったのだろう。武田社長の人のよい温厚篤実な人柄に私は魅かれるものがあった。しかし当時すでに社内における実権は吉田専務に移りつつあったのだ。

葉を落としつくしたメタセコイヤが、冬の空に向かってまっすぐ屹立しているのが、私の目に涙ぐましい新鮮さで映ったのはなぜだろう。細い枝の先が北風にふるえていた。こうしてハローワークに向かっていると、正真正銘の失業者となった実感が胸の内がわからそくそくとせり上がってくる。今自分がこの社会に不用な存在、落ちこぼれなのだという思いが私をうちのめす。社会にとって必要な労働をし、その対価を得、食べて生きる。人はそうしてはじめて一人前なのだというこの当たり前の理屈が、いまさらのように身にしみた。

春子が生来の明るさを失っていないのが、私にはせめてもの救いであった。そういえば今朝、新聞折り込みのパート募集のチラシに見入っていたが、私が近づくとそれを何気ないふうに新聞の下に滑り込ませ、いたずらを見つけられた子どものようにぎこちない微笑を見せた。首の手術後の身体では軽い事務すら難しいと思う。切なかった。

Sハローワークは私鉄のS市駅をつっきってから、自転車でさらに十分ほどかかるらしい。退職後送られてきた失業保険給付の書類の裏の、大まかな案内図でほぼ見当はつけてきた。しかし、この地域に足をふみ入れるのははじめてだった。うろうろ探しているうちに指定された十時に遅れて係官の印象を悪くしたら、この後の求職活動やいろいろさしさわりがないとも限らない。何事によらず物ごとというものが案外、人と人との印象の好悪で塩梅されるものだということを、長い間営業という仕事に携わってきて知っている。いわんや世の中でいちばん弱い立場の失業者なのだから。

うろうろ探したりしないため、キヨスクで市街図を買う。失業の身に千円は痛いが背に腹は代えられぬ。

駅構内を通り抜けると、人の流れが私とは逆になる。すれちがうたびにひたすら駅に向かう人たちが眩しい。三十前後だろうか、白い暖かそうな毛皮のコートの女が私に一瞥をくれてから、鼻梁のとおった彫りの深い顔をつんと背けた。それがなぜかこたえた。寒気を裂いて舗道に冴えかえるハイヒールの音が、いやに神経にふれた。都心の商社か銀行にでも勤めているのだろうか。暖房のきいたこぎれいなオフィスで今日一日てきぱきと電話で交渉し、パソコンのキーボードをたたくのだろう。はたまた今私に向けたあの冷たい感じの顔を、こぼれんばかりの笑顔に豹変させ、お客を迎えたりするのだろうか。

黒い鞄を小脇にかかえた恰幅のいい中年の男が向かってくる。ボタンをとめない物のよさそうなラクダ色のバーバリーコート。濃紺のスーツから流行のもえぎ色のネクタイがのぞく。私を見つめたまま挑むように大股に歩いてくる。商社マンか証券マンといった感じ。仕事ができるのだろう。生きることへの自信に満ちた顔。

人々はあたかも巨大な吸塵器に吸い込まれていくかのように、駅へと流れて行く。吸い込まれるその先の、自分と家族の生存を保障してくれている職場へと向かっているのだ。ふと私は、彼らに向ける顔が羨望の眼差しになっているのに気づき、あわてて下を向いた。羞恥に顔がほてった。

新聞を片手に、もう一方の手は灰色のコートにつっこみ背をまるめて近づいてくる初老の男と目が合う。くたびれた精気のない顔。鼻の頭が赤い。さては昨夜の酒が残っているのだろうか。それとも肩たたきにあっているのか。マドギワでうだつが上がらないのか。

職場ではもう余計者扱いされ、そのうっ憤を酒でまぎらわしたのかもしれない。そんな考えに気を取られていたからだろう。男にぶつかりそうになり急ハンドルを切ったのがいけなかった。前輪が縁石にぶつかり、私は自転車ごと見事に横転した。

「大丈夫ですか」

男が立ち止まり切り口上に声をかけた。おれのせいではないんだよ、といいたげに一種憐憫の視線を私に投げた。

「ええ、すみません」

自転車を起こしながら私は、もつれる舌で照れて見せた。相手が避けてくれなかったことへの腹立ちにまみれながらも、避けたために転んだ自分の方に非があったかのように謝ってしまったことが情けなかった。失業者という自意識が、何につけ私を負け犬根性にしてしまうのだろうか。上目づかいに世間や人を見てしまうのだ。

男が、路上に放り出された鞄と買ったばかりの地図を拾い上げ、私に差し出した。目が合った。

「いや、どうもありがとうございます」

私はもういちど頭を下げた。

歩道が狭いので、こんどは車道を走った。すると大型トラックが激しくクラクションを鳴らし、自転車すれすれに疾駆して行った。黒い排ガスをまともに浴び二度三度咳き込んだ。


東京営業所は、私の下に営業が三人、サービスエンジニアが一人、女子事務員が一人の計六人であった。期日が迫っていたが案じたとおり希望退職者は出なかった。一人は絶対出さなければならない。出さないですむはずがないことは、本社の状況からも充分考えられた。本社の対象となった各部署では予定人数に達しなければ陰に陽に執拗な肩たたきが、中高年の層を中心に着々と行われ、ほぼ予定人数に達しつつあったのだから。

このごろは部下たちの私を見る目が、以前と明らかに違っていた。

いつ肩たたきをされはしまいかと、おどおどと疑心暗鬼の目なのだ。

今、小泉内閣がすすめている「構造改革」は、公企業だけでなく民間企業にもますますリストラを促進させるので、いよいよ就職難の時代となってくるのはまちがいない。まして中高年においては。失業率五・五パーセント。マスコミの報道でもまだまだ増えることが予測されていた。

退職金二割増だろうと、おいそれと辞めるわけにはいかないというのが部下たちの心情なのだ。彼らの胸の内が痛いほどわかる。私を見る目でわかる。須藤なんか帰りの時間になるとやたら私を、近くの立ち飲みに誘うようになった。ときにはカネも私に払わせまいとする。

賃下げになろうと、労働時間が延長されようと、職を失くすよりまだましとしなければならない。たとえ沈没しそうな船であれしがみついていよう。

機械メーカーの営業所としてサービスエンジニアは不可欠なので、関山五郎は対象外だ。経理、営業事務の一切を任せている荒川冬子もいてもらわなくては困る。肩たたきをするとしたら三人の営業マンのなかからとなる。だが須藤係長は次の所長を見込まれているし、彼の営業力と実績は本社も認めるところだ。だいいち吉田専務が承知しないだろう。大戸主任か小谷義男のどちらかになる。実績、営業センス、客先人脈等を公平に比べれば、小谷がターゲットとなるのは誰が見ても明らかだった。吉田専務の腹もおそらく同じはずだった。

小谷義男、三十七歳。目をかけているというほどではないが、彼については他のものにもましてある特別な思いが私にはあった。入社して五年になる。前所長の定年退職のあとを受け、私が所長になった際、欠員補充で私が採用したのだった。八人の応募者の中から小谷を選んだ。機械一般の知識、営業経験とセンスなどの選考基準を一応クリアしたのは三人だったが、その中から小谷に決めたのには、何とはなしに私と相性が合いそうな気がしたのに加え、住所が私と同じS市であることも親近感に作用したのだろう。

家族は三つ上の妻と、小学一年と幼稚園の女の子。

《三十五年のローンで分譲住宅を買ったのですが、勤め先の機械工具店が倒産しました。ええ、ですから今度はしっかりしたいい会社にと思いまして、ええ》

（しっかりした会社か）私は腹の中で苦笑してしまった。二年前には三十六人も希望退職を余儀なくされた会社なのに。おそらくこれからさらに企業縮小して、この営業所の存続だって先行きは不透明なのに。そんな裏事情を隠して面接していることに、後ろめたい思いがないではなかった。砂を噛むような思いを胸に閉じ込めながら、私は応募動機を語る人の好さそうな求職者の人柄、能力を審査していた。

小谷もS市駅で下車するので、ときどき駅裏の居酒屋にどちらからともなく誘い合って飲んだ。

真面目の上に何かがつくような男だった。営業成績は三人の中ではいちばん低いが、客先には信望があった。その信望をもとに、必要なときには彼の仕事を私や須藤係長がフォローした。

趣味は何もないという。私も似たようなものだったが、いくぶん揶揄をこめて訊いてみた。

酔いが頭を冒しはじめていた。

《何が楽しみで生きてるんだ》

《生きることの楽しみですかあ？　そうですねえ》

生真面目な表情そのまま真剣に考えている。須藤なら冗談で茶化してしまうところだ。

《あえていえば……楽しみは休みの日に子どもたちと近くの公園で、ブランコに乗ったりして、キャッキャッいって遊ぶぐらいですかねえ》

キャッキャッというそのいい方が幼い。私は切なくなって涙ぐんでしまった。小谷が怪訝そうに私の横顔を見つめた。

やっとつかんだ小さな幸せを精一杯守ろうとしているその顔が、悲しそうにゆがんで見えたのはなぜだろう。私は濁った頭でふっと弟のようないとおしさを感じた。

希望退職の締め切りが三日後に迫っていた。案の定、吉田専務から電話が入った。明日、上京するという。希望退職の件というだけで、明らかに不機嫌な声の電話は一方的に切れた。いい知れぬ無力感が私をつつんだ。パソコンに向かっている荒川に、そのことを告げると薄い化粧の下から真剣な顔がのぞいた。勘のいい彼女のことだ、優柔不断な所長では埒が明かないので、専務自らが誰かのクビを切りにくるのだと察知したのだろう。そんな眼だった。他のものは出払っていなかった。

今日は、明日は、と思いながら結局一日延ばしにしていた。小谷はすでに私が、彼を対象にしているらしいと感づいていたのだろう。朝出勤すると、おずおずと卑屈にすら見えるほど頭を下げ、「酒匂所長、お早うございます」と、声に媚びをにじませ親しみをさえ演出して挨拶する。すると私はだらしなく決心が萎え（肩をたたく）タイミングを逸してしまうのだった。そしてその日仕事を終えると、重圧から解放されるように小谷を誘って飲んだ。あるいは私のどこかに（酔った勢いで）の魂胆がそのときあったのかもしれない。

日ごろ、困難な問題は先送りして成り行きにまかせては後手にまわってしまう性分が、ここどんづまりにきてされけ出されたかたちだった。

男たちはまだ戻っていなかったので、あとを荒川に頼んで五時に営業所を出、吉田の待つTホテルに向かった。

地下鉄は夕方のラッシュだった。

東京駅で少し降りたので、ようやく吊革につかまることができた。が、またどっと乗ってきた。奥へ押しこまれそうになったが私は吊革を握ったまま離さず、足を踏ん張って自分の立っている場所を確保しつづけた。そうだ、確保しつづければよいのだ。自分の居場所を足を踏ん張って……。（小谷を、やってみます）といえばよいのだ。私がそういえば吉田は（酒匂所長は部下思いのところがあるから抵抗があるのでしょう、私が話します）というだろう。

カーブにさしかかったのか、電車が大きく揺れて傾いだ。

私は今日この時点ですでに、自分が希望退職に応じることも胸の底ではひそませていた。ひそませていたがそれは明瞭な形にはなっていなかった。仮に自分が残ったとしてこの先のことを考えると、相当な困難が予感された。吉田の本音は、私の排除も視野の中に入れているような気がしてならなかった。それが（ならば自分が）という思いになっていたのだろう。

昨夜、寝つかれないまま半睡の頭でそのことに思いあたったのだった。社長になったとき、同期入社で東京営業所の経営に何かと異見を唱える私の存在はおそらくけむたいはずだった。東京営業所の経営も自分の思い通りにしたいだろう。私が抜けたら須藤係長を所長に昇格させるのは目に見えていた。

電車がまた大きく揺れた。吊革の手に力を入れ両足で踏ん張った。倒れかかる上体を何とかまっすぐに保って、正面に顔を向けたときだった。どこかで見たような顔が私を見つめていた。その疲れた顔が居場所をゆずろうとしないで意固地なほどつっぱっている私を嗤ったようだった。いやな奴、と思った。が、それは窓ガラスに映った自分の顔だった。

私は思わず苦笑した。

（お前は小谷を切るのか）苦渋にみちた顔がまだ戸惑って揺れていた。

《子どもたちと、キャッキャッいって遊びます。家のローンですか、あと二十年》

寡黙な小谷が酔うと饒舌だった。

《中古の洗濯機買ったら、水が漏るんです。気がついたら洗濯場水びたし》

また涙が出るほど可笑しかったが、あのとき肩と肩との間の空気がしらっと白けたのは何だろう。

《女房働かせてますから、炊事でも洗濯でも何でもやらざるをえませんよ》

左隣の黒いコートの男が、両手で吊革を占領していた。四十代半ばだろうか。器用にも鼾をかいて眠っている。いちばん働きざかりだが、子育て真っ最中の重荷を両肩に背負っているのだろう。小谷とダブった。

右隣からタマネギの腐ったようなアルコールの臭いが漂ってきた。この時間にもう酒喰らったのか。初老の男の顔を見てやった。ごま塩頭がときおりがくんと揺れる。半分眠っているのだ。それでもときおり目をあけ週刊誌の女性のヌード写真に目を泳がせていた。私の前の若い女が文庫本に目を落としているのだが、アルコールの臭いが気になるのか、ときおり顔を上げ刺すような視線を男に注いでいた。

一日の仕事を終え、こうして家族の待つ家に帰る。そして明日また家を出、人ごみにもまれて職場に向かう。この一見つまらないような単調な朝夕のくりかえしが、かけがえのない人生そのものに思えた。仕事があるそのこと自体が……。

電車がけたたましくブレーキ音を響かせながら、赤坂のホームに滑り込んだ。車窓の向こうがわがおびただしい光にあふれた。

吉田専務の泊まるTホテルのカフェ「ラスベガス」は、エレベーターを十三階で降りるとすぐ正面だった。重いガラス扉を押すと静かなピアノ曲が流れていた。かなり混んでいる。人の声が低くこもっている。

いちばん奥の窓ぎわの席で、吉田専務が煙草をくゆらせながらすっかり暗くなった窓の外を所在なげに見ていた。近くまで行ってから私にようやく気づいた。少し驚いた表情をあわててくずし片手を上げた。

「やあ、酒匂所長、しばらくです」

灰皿に煙草を押し付けながら人を見下すような余裕を回復していった。

「久しぶりです」

座りながら応じると、威厳を保ったまま探るような目を向けてきた。

私はカウンター近くからこちらを見ている若いウエイトレスに手を上げた。

コーヒーをブラックで注文した。

「そんなことしてはるから、胃潰瘍になるんや」

緊迫した空気を解きほぐそうとしたのだろうが、私の感情を逆なでた。

(何いうとんのや、過重な仕事で胃潰瘍にもなったんやないか)喉にこみ上げた言葉を飲み込み、

「さいきん肥ったんじゃないですか……偉くなると」

と、返した。

私を追い越し、高卒ながらついにトップに上りつめたのには、処世の巧みさもあろう。しかし、それだけではない。人並み以上の努力と、仕事が出来たからだ。だが目の前の額の広いわりに眉と眉の間のせまい、縁なし眼鏡の奥から険しい眼を光らせている男は必要とあらば誰であろうと、情け容赦なく切って捨てることも出来る男なのだ。

不自然な沈黙がながれた。

私は相手の強い視線から逃れて、窓の外に目を泳がせた。暗い空が下にいくにつれ大都会のびまんする光の放射によって暗紅色に染まっていた。林立する高層ビルの窓のほとんどが煌々と明るく、夜の空に浮かんで見えた。それぞれの窓の内がわでは、人々がまだ延々と働きつづけているのだろう。

吉田は椅子を引き寄せると、やや猫背の姿勢を正してから単刀直入に本題に切り込んできた。

「東京は、どうしても出ませんか」

慇懃な言葉の裏がわから、部下一人のクビも切れない私への苛立ちが聴こえた。

「だから何度もいってるように」と、すでに押し込まれている自分を意識しながらつづけた。

「出るとか出ないじゃなく東京の顧客と売上げをこのまま維持していくには今の人員が

……営業所として機能するためには必要最小限だと」

六人全員が残るための理由づけは、これしか論法がなかった。これで押すしかないと思った。

「困った人だなあ、酒匂所長は。そんなこと……」吉田がうんざりした顔でいった。

「あのねえ、いいですか、はっきりいって職務怠慢ですよ、それは。管理職として。会社の今おかれている事態を最初から全然認識しようとされない。そりゃ私だって社員は可愛いですよ。それぞれ家族を抱えている、そんなことはわかっていますよ。それでも大阪重機械を存続させて、残る二百五人とその家族を守るためにあえてやらなければならないのです。私の立場になってくださいよ」

本音をちらっとのぞかせた。(いつだって私の立場だ)

「私のことを非情だと思っているでしょう。しかし、会社を預かっている私や管理職のみなさんは、会社を守ることをまず第一に考えるべきではありませんか、ええ、そうでしょう。私だって感情がありますから、憎まれたり恨まれたりしたくありませんよ。人間ですから」

昂ぶる感情をおさえようとしているのか、甲高い声がふるえをおびていた。隣の若いカップルの男が私たちの会話を聞いていたらしく、非難するような強い眼差しを私と吉田に交互に向けていた。大人しい感じの青年だった。顔のどこかが小谷に似ている。

「これまで何度もリストラやって」

若い男に気づいたらしく、吉田が急に声を落とした。

「どの職場だって今は必要最小限でやってます。非常事態ですからね。本社の部課長たちはそれをしっかり自覚して協力してくれはってる。東京だけを聖域とするわけにはいかないのです。甘いですよ、酒匂所長は。ええ。それはエゴですよ、人生、そんなカッコよくばかりいきませんよ」

一気呵成にたたみかけてきた。それから挑みかかるような眼差しを窓の外にはずし、ふうっとひとつ溜息をついた。足を組み換え、せわしく煙草をくわえた。苛立っているのがわかった。私が卓上のマッチをとって火を付けてくれるのを待つようなそぶりを見せた。そしらぬふりをして私は外に目をやった。下を見るとビルの間の高速道の車のテールランプが赤い帯となってゆっくり流れているのが、不思議な宇宙現象を見ているように一瞬錯覚された。

仕事を終え家路を急ぐ車、まだ働いている人たちを乗せた車、車、車の洪水。それぞれの人にそれぞれの仕事があり、帰りを待っている家族がある。キャッキャッいって遊びます。酔いに赤く染まった顔を思い出した。

吉田はポケットからライターを取り出し煙草に火を付けた。そして指輪を嵌めた左掌の太く短い指の甲を小卓に小刻みに打ちつけはじめた。コツコツと小さく鳴る音が私の神経にふれた。このとき私は、もはやこの会社がすべて彼の指揮下に動き始めていることを否応なく実感した。苦い思いが胸の底の方から染め上がってきた。ひと月後には名実ともにトップに立つこの有能な男が、出先の長の意向を汲んで政策をくつがえすはずがない。無力感が私の内部にみなぎった。この先、目の前で指の甲を無意識に打ちつけているこの男の下でやって行くことへの不安が、私の中をかすめた。

今まで気づかなかったのだが、向かいのビルの明るい窓に人の動く姿が小さく認められた。それは何か彼の意志とは無関係に動いている無機質な、冷たい物体のような感じがした。その窓に小谷義男の人の好さそうな顔が浮かんで消えた。

小谷も須藤も関山も大戸も、もう帰社しているだろう。私にとってかけがえのない部下たちだった。多少の出来不出来の差はあるが、ほんとうによくやってくれていると思う。

「どうしても出ませんか」

重たい沈黙に耐えきれなくなったように吉田がいった。

「出ません」

（出なければあんたが）という言葉が吉田の喉元まで出かかっているような気がした。私はある賭けに出ていた。

　この不況下に月一億の営業所ノルマの達成は並大抵ではない。そのためには一社でも多くと、陽のあるうちは目いっぱい客先を訪問する。デスクワークは帰社してからだった。したがって仕事をおくのが九時、十時になることが週に二、三度あった。仕事は家に持ち帰ってまでやらないように注意を与えていたが、やはり休日家でやらなければ消化しきれないのが実態だった。私自身そうだった。

　この業界は顧客の、購買担当と常に親しくコンタクトをとっていないと、いつの間にか競合他社に仕事を持って行かれるので油断ならなかった。

「だからこれ以上人減らしされると……」

　守勢をばん回すべく大声になっていた。

「お客さんとの良好な関係を維持し業績を上げていくためにはですね……」

　吉田の目を強く見返しながら、営業所の今のぎりぎりの実情を気合をこめて話した。まわりの客たちが迷惑そうな顔を向けていた。さきほどのウエイトレスが不思議なものでも見るような目で私と吉田を見くらべながら、グラスに水を注いで行った。女子高生のアルバイトのような感じで、ちょっとコケットな顔が印象的だった。

「わかっていますよ。東京のみなさんが頑張っていることぐらい」

下ぶくれのゴルフ焼けの顔が不愉快な感情をあらわにした。それでも冷静さを保ちつづけようとしているのがわかった。

「だから、営業所の売り上げをそのままだとか……物理的に出来ないことはいってないでしょう」

薄い唇に不自然な微笑がとまった。その不可解な微笑が一瞬勝ち誇ったような色をおびた。私は自分の論立てがすでにくずされていることを知った。会社存続論に立つかぎり彼のいうとおりだろう。しかし中間管理職とはいえ労働者なのだ。なぜ経営者と同じ論理に立つ必要があろう。

（小谷にしろ、誰にしろ）私は明滅するイルミネーションの光彩にまぶされた暗い夜空に目を投げ思考を巡らした。

私の部下たちはひとしく、大阪重機械のここ東京営業所で働き家族を養っている、その権利があるはずだ。いちじるしく能力が劣っているとか、勤労の意欲に欠けるならともかく、日々真面目に仕事をこなし営業所成績もそこそこにあげているではないか。チームワークで営業所ノルマもほぼ毎月（未達の月も何度かあったが）達成しているではないか。全社の落ち込みは本社のみが問われなければならない。まして今回は希望退職ではないのか。むしろほんとうのねらいは？　やはり。

いい知れぬ怒りが胸の内にたぎった。それは目の前のゴルフ灼けの顔への憎悪に変った。

大都会の虚飾の光のとどかない高みの空が、海の底のように暗く深く沈黙していた。星はなかった。

吉田新社長の下でこれから一緒に仕事をしてゆくことへの重苦しさが、私の心をかげらした。

「いいですか、だから東京のノルマについては」

吉田が身を乗り出してつづけた。

「私が役員会でもう少し考慮させましょう。とにかく東京も希望退職者を一人出す。結論はそれしかない。今は大企業だってどんどん人を減らしています。そうしないとこのグローバリゼーションの競争世界では生き残れないのですから……いわんやわが社のような二百人そこそこの中小企業は。人選は事情をよく知っている所長に一任しますが、小谷君あたりになるんじゃないですか、公平に見て」

やれやれ、わが社か。すでに社長の気分だ。私はうんざりした。会議でもいちばん舌のまわる男だった。自信が増幅させるのか、さいきんいちだんと能弁になったようだ。

「それとも酒匂所長は、社の方針に異を立てるのですか?」

こんどは彼一流の恫喝ときた。このやり方で労働組合との団交にのぞみ、そして敵対する相手を委縮させ、はてはつぶし駆け上がってきたのだ。

「酒匂所長も、ここでへんなことにこだわってないで、会社全体のリーダー意識をもってもらわないと、このさき、いろいろと……」

（このさき残れないぞ）か。人の口に「武田社長の側」と流布されている私は、新社長の下で立場は微妙になってくるだろう。今、小谷を切ったとしても。

吉田とは個人的な付き合いもないので、彼のことに関して詳しく知る由もない。商業高校定時制卒というから家は裕福ではなかったのだろう。彼はその貧しさをバネに競争社会を生き抜く知恵と力とを培ってきたのだと思う。したがって今後のきびしいグローバリゼーション時代を勝ち抜き生き残る論理が、経営手法にも露骨に出てくるのは充分予測された。

「小谷で行きましょう、所長が直接何するのがいやだったら、私が明日……」

「いやけっこうです、私が明日」

私の中の何かが、私を強い力で押した。それは感情にかまけた衝動といってよいのかもしれない。それは浅慮な「賭け」であるのかも知れない。勝算があるわけではなかったのだから。

東京営業所の現在の主な受注先は、武田社長が営業担当常務だった時代に、二人で足を使って築き上げた人脈に負うところが多かった。(俺のいない東京は)という自負があった。(主張が通らないはずはない)自負からくる独りよがりの計算があった。

「そうしますか、今後他の者への示しもありますから、やはり酒匂所長から直接。その方がいいです」

そういって吉田は、はじめて不機嫌なかたい表情をくずした。このとき私の胸の内を探るような強い一瞥を走らせた。そして袖口をめくると、これから地下のいつものスナックで」

「あれっ、もうこんな時間……どうです、これから地下のいつものスナックで」

と、左掌の親指と人差指で盃をつかんであおるしぐさを見せたのだった。

「わが社と東京営業所所長の新しい出発のために、ハハハ」

「新社長のために、じゃないですか」

せいいっぱいの皮肉だった。俺の新しい出発? 笑い出しそうだった。吉田がぎこちなく笑った。

せっかくですが、と喉まで出かけた言葉を私はあわてて飲み込んだ。自分を殺した苦い酒になるのはわかっている。しかし、まだ決着したわけではない。今あえてこれ以上吉田の機嫌をそこねて状況を不利にすることはない。

「いいですねえ、おともしましょう」

吉田は伝票をさっとつかむと、そそくさと出口に向かった。私はつづいた。たぶん私が断るとでも踏んでいたのだろう。一瞬意表をつかれた顔をみせたのであったから。


翌朝、私は「退職願」を背広の内ポケットにしのばせて出勤した。

前夜、帰宅してから春子に希望退職に応じることを告げた。酔った勢いではなかった。酔ってはいなかった。予感した通り苦い酒になったので早々に切り上げ帰宅したのだから。

春子には希望退職の割り増し退職金とか、部下の首を切ってこのさき残ったとしても、新しい人事体制の下ではやっていけないことを説明した。息子たちは二人ともすでに結婚し、家を出ている。春子とだけなら年金まで何とか食っていけるだろうという目算も私の決断を後押ししたのだった。

《善さんの性格だから、そんな環境ではいずれ辞めることになるでしょうね。辞めないとしてもウツになるとか。ま、仕方ないわね》

と、悲しそうに顔をくもらせたが、意外とすんなり承知してくれたのだった。

白い封筒から便箋を取り出し広げたとき、吉田の表情が意表をつかれた驚きとともに一瞬緩んだのを私は見逃さなかった。不可解な微妙な笑い。

しかし文面を追う眼鏡の奥の目が次第に険しさを回復し、読み終わると突き放すような視線を私に投げた。

「そういうことでしたか、やはり」

しばらく間をおき、考えるように下を向いた。

「しばらく預かります、本社に持ち帰って」

と、私の目を見ず義務的な口調でいったのだった。

結局その日吉田は小谷への肩たたきは行わず、午後の新幹線で本社に帰った。

次の日の夕方、武田社長から慰留の電話があった。その聴き取りにくい言葉が、形ばかりの慰留に感じられた。それは彼の今の力の限界を実感させただけだった。

予期していたとはいえ、私は一抹の寂寥と失望感に沈みながら、

「希望退職者が出ないので」

と、あえていってみた。すると咳き込みながら、

「酒匂所長のことやから、たぶんこうなるやろうと……いまからでも何とか考えなおしてもらえんのかなあ。吉田新社長のもとで、ばりばりやってくれると思うとったんやが」

と、あいまいな力のない声が返ってきたのだった。彼が役員会でどこまでそういうことを主張したのか問い返したいと思ったが、

「すいません、こういうことになって」とだけいった。

受話器を打ちつけるように置いた。顔を上げると小谷と関山の不安をやどした目にぶつかった。荒川も今の電話からすでにことの結末を察したらしい顔で、パソコンのキーボードをたたいていた。須藤係長はまだ帰社していなかった。

それから三日後、営業所の朝礼が終わったのを見はからったように本社から電話が入った。

「酒匂所長、吉田専務からです」

荒川が意味ありげな目で私を見つめてから、私のデスクの電話につないだ。

「役員会でなあ、そういうことならやむを得ないと、ええ、そういう結論に。ええ、小谷君には残って……」

もの言う調子がすでに変わっていた。自分の立場の変化を誇示した威厳を滲ませてつづけた。

「あなたを失うのは、わが社にはきわめて痛手なのだがね、残念なことです」

はずんだ甲高い声が、受話器の向こうからがんがん響いてきた。

S市駅構内をつっきり、二百メートルほど自転車を走らせると旧日光街道だった。車が激しく行き交っていた。街道を横断すると綾瀬川沿いに松並木の遊歩道がある。樹齢を経た松が、川面に形の良い枝をのばしている。広重の絵にこんな風景があった。私は思わず自転車をとめ立ち止まった。いっとき気持ちが和んだ。しかし私はハローワークへ急がねばならなかった。じっくり風景を楽しむ心の余裕はなかった。私は自転車にまたがった。

《知床の岬に、ハマナスの咲くころ》

松並木の風景にいくぶん気持ちが和んだのか、思わず知らず口ずさんでいた。すれちがった自転車の若い男が、私を怪訝そうに見つめて行った。

東京営業所の送別会でみんなで肩を組み、この歌を唄った。私の肩に腕をまわして調子はずれに唄う小谷の端正な顔が、今にも泣き出しそうにゆがんでいた。その調子はずれが可笑しく私は涙ぐみそうになった。

須藤所長や関山らとうまくやっているだろうか。小谷と新社長との間は、須藤のことだから如才なくうまくとりもってくれているだろうが。彼にはこうなった経緯をありのまま話し、くれぐれも小谷のことを頼んでおいたのだった。

雪にでもなるのだろうか。寒々と重たい空が鉛色をいっそう濃くしていた。横なぐりの風が吹きつけてきた。思わず上体をかがめコートの襟をたてた。プラタナスの枯葉が一枚舗道を滑ってきたが急に向きを変え車道に飛ばされて行った。このとき不意に父の顔が浮かんだのはなぜだろう。陽に灼けた顔だった。そして吹きつける冷たい風の中に、とつとつと諭すような声を聴いたような気がした。

《一人救ったとして、どうなる？　問題は解決しとらんと……他にも何千何万人の小谷がおるじゃなかか》

ハローワークはそれからすぐだった。

約束

1

（今日は、これでしまいや）

心のなかでつぶやき、筧は制御盤の始動ボタンを押した。

モーターが低くうなり、フライスカッターが回転を上げながらゆっくりと素材のギヤケースにむかう。

ガツン、と鈍い音がした。刃物台が静かに停止する。カッターが鋳鉄に食いこむ。

「正常作動」

筧は小さくつぶやき、指差し確認した。鋳鉄の切削粉が放物線を描きながら、安全靴の上にさらさら落ちてきた。いつもながらほっとする瞬間だ。定時で帰れるのだとおもうと、いっそうその気持ちがつよかった。肩の力をぬく。ラジオ体操の要領で首をゆっくりまわし、顔をあおむけると、明りとり用の高窓のすりガラスにあわいオレンジ色の残照が映えていた。さしこむよわい光の束のなかに、油っぽい金属粉が浮遊している。高窓の下の古い丸い時計の針が四時近くをさしていた。
傍らの図面板のすみにとめてある工程進行表では、今日は定時に終えてよいはずだった。それでも念のために昨日、二時間残業を終えたときに北尾係長にそのことを確認しておいたのだった。
《土曜日ぐらい定時でおこうや》
いつも苦虫をかみつぶしたような顔の北尾が、あのときほっと表情をゆるめていったのだった。めし食う時間も惜しがる仕事好きも、たまの定時にはほっとするらしい。それが顔に出ていた。
《今日は早く帰れるんでしょ。こどもたちが楽しみにしてるんやから。ケーキ頼んどくわよ》
《そうか、今日はクリスマイブやったな。二十世紀最後の……》
朝出るとき春子に頼まれたのだった。筧が出勤したあと春子は、チイ子を自転車の後ろに乗せ保育園に寄ると、そこから三十分ほどの町工場に向かう。そこで経理をしている。

春子が出て二十分ほどして最後にテツが家を出る。親の共働きの事情がわかってきたのか、二年生にしてはこのごろしっかりしてきたようだ。しかし、いつも鍵を持たせているのが、篁には不憫に思えてならない。たまには早く帰って宿題も見てやりたいと、切実に思う。

《パパあ、ケーキ忘れたらあかんでえ。ケーキ頼んどくわよお》

舌足らずのあまえた声が、妙に澄んで耳の奥に残っている。さいきん、母親の口真似をするようになった。

《これぐらい大きいの……これぐらいかな、うん、これぐらい》

広げた小さな両掌の間隔が、親の顔色を見ながら少しずつ広くなった。屈託なく育って欲しいと思う。

出かけようとする父親の脚に強くしがみついてきた。いまがいちばんあまえたい年齢なのだろう。父親を見上げるまるい顔に、幼いはにかみがとまっていた。母親似の大きな眼のなかのきらきらした瞳が、篁の眼をつよくとらえた。

《よおしわかった、クリスマスケーキ買って、今日は早く帰るからな、これぐらい大きいのやな》

《そやけどパパ、早よう帰るいうても、早よ帰って来たことあらへん》

きらきらした瞳が翳って揺れた。赤い頬をふくらませて。

胸がきゅんとつまった。ほんまこのごろずっと、残業。二時間残業が定時みたいなもんやな。早よう帰るって、チイ子にはウソばっかり。

《指きりげんまん、ウソついたーら、ウソついたーら》

《ウソついたーら、エンマさんに舌ぬかれるんやったな》

からめて振った小指が冷たかった。

今日だけは約束を守ってやろう。筧は自分の胸につよくいい聞かせ、今朝家を出たのだった。

駅前のペコちゃん人形のケーキ屋で買って帰ろう、と筧は思った。

クリスマスケーキを囲んで子どもたちとの久しぶりの団欒の情景を思い描きながら、筧は密かに心浮き立つのを覚えながらスパナやハンマーなどを片づけはじめた。

2

通路を隔てて、鋳物のギヤケースのバリをとっている藤井のエアーグラインダー音が、けたたましく耳をつんざく。筧は工業高校からすぐここに入って十五年になるが、この音だけはいまだになじめなかった。

《仕事に集中しとったら、そんなん気にならんで。慣れるんやな》と、北尾係長はいう。

《要するに鈍感になるこっちゃな》

なるほど、慣れは鈍感になることとか。へんに腑に落ちた。残業にしても何日もつづいて慣れてしまえば、それが定時のように思え抵抗も感じなくなる。残業の連続でなまりのように重くなった身体と頭で、働くってこんなものだろうと、鈍く考えた。

エアーグラインダーを抱える藤井の手もとから滝のように流れ落ちる鋳物の火花が、照明の不足した工場の空間をそのあたりだけぽおっと明るませている。先月とつぜん出社しなくなったブラジル人にかわって藤井が入ってきた。安全帽から長くはみ出た茶髪と耳たぶの銀色のピアスが、筧にはどうにもなじめなかった。どの工場現場でもさいきん、この若者のようなフリーターや派遣労働者を見かけるようになってきた。バリ取りやボール盤を使っての簡単な穴あけとか、錆どめの塗装作業などはかれらがやる。それまでは筧ら正社員の機械工がそういう簡単な雑作業もこなしていたが、いまは一日みっちり機械にはりつきっぱなしだ。要するに仕事の密度か濃くなった。あい間の単純労働がなくなったぶん神経は極度に疲れる。

藤井ら派遣は割り切っている。残業をいわれても帰りたければ定時でおく。工程や納期など気にかけない。もっともそんなところまでかれらは知らされていないのではあったが。

肉体のしんどさ、危険と汚れはあるが正社員より気は楽だろう、と筧は思うのだった。しかし社会保険などない身分は人ごとながら気にかかる。暇になれば放り出されるはずだし、そのとき失業保険もないのではいったいどうするのだろう。病気や怪我の保障だってないのだろう。一方、そういうかれらの存在があるとき筧に（かれらよりましだ）と、残業の多さや低い給料への不満をいっときやわらげてくれるのだった。

大きな鉄の扉に設けてあるくぐり戸が押し開いて、北尾係長が入ってきた。あいかわらず小ぜわしい歩き方だ。こちらに向かってくる。俯いて眉をひそめたかたい表情に、筧はふと悪い予感にとらえられた。定時前になって……。

尖った赤い鼻と短い下顎が、なんとなく鳥をイメージさせる。小さい頭部に不釣合いな、がっしりした短躯をやや前に傾け、白のかったぎょろ目をたえずあたりに走らせながらせかせか歩く鳥のイメージ。無駄な時間は一秒もないんだぞ、といわんばかりに工場のなかをうろうろされると現場の人間は煽られているような気になる。およそ労組委員長のタイプではない。そろそろ課長だろう、と人の口にのぼっている。

（いまごろになって、残業の指示？）悪い予感があたったようだ。

しかし、今日だけは勘弁してもらおう。筧はチイ子との指きりを思い出して身がまえた。ウソついたーら、エンマさんに舌抜かれるでえ。

今日だけは約束を守ってやりたい。筧はしみじみそう思った。

断れば北尾自身がこのマシニングセンターを動かすだろう。工程係長の立場がわからないではない。わからないではないが、そういつもいつもいい顔ばかりしていられない。たまには夜、子どもたちと一緒に遊んでやりたい。本を読んだり人生を充実させる自分の時間も欲しい。

隣のラジアルボール盤の安さんが、この時間になって、また新たにギヤーケースを切削台にセッティングしている。残業に食いこませようという魂胆が見え見え。明日でもよいはずなのに。

ずんぐりむっくりの、さいきん腹の出てきた五十男のわざとらしい緩慢な所作が、今日はいつになく忌々しい。それは、先の労組委員長選挙のときに見せた好い印象とはちぐぐな反発の感情を、筧の内がわに泡だたせた。揶揄のひとつぐらい投げずにはいられなかった。

「おい、安さん、今日はなんの日か知っとるか」

機械ごしに放る声に棘があった。

「……」

左頬に黒く、ダライ粉（鋳物の切削粉）のこすりついた血色の悪い顔が、きょとんと筧に向く。人懐こい微笑を送ってよこす。

「今日はイブやで」

「いぶー？」

「街にはジングルベルの歌が鳴っとるがな。今日ぐらい定時でおこうぜ。毎日毎日残業して、そのうちカローシするで」

「カローシ？　ああ、クリスマスイブか。わいは関係ない。ナンマンダブや……」

安さんらしい朴直な返しに筧は、思わず苦笑してしまう。ざらついた感情が萎えた。安さんは一瞬むっとした表情を見せると、くるりと背を向け、切削台のボルトをモンキースパナで締めつけにかかった。

帰りの立ち呑みと休日のパチンコが生きがいなのだと、一緒に飲んだとき自嘲的にいったことがある。奥さんとは別れたらしい。高校生を頭に育ち盛り三人の子と、七十過ぎの無年金の母親を抱え《だから残業せなあかんのや》という。

しかしかれが居残ると、まわりのものは帰りづらくなるのだ。今日だって工程表では定時でおけないわけではないのに、残業に引き延ばそうとするいじましさは、事情を知っているだけに切ない。

残業で稼がなければならないのは覚もさしてかわりはないのだったが。

月末の給料日には一枚のぺらぺらの明細書をかざして春子が《パパがいっぱい残業してくれはるから助かるわねえ、テツ》と、息子を自分のがわに取り込んで、喜びを演出してくれるのだったから……。

3

悪い予感があたった。

北尾係長が安さんに残業を告げている。

パパー、クリスマスケーキ忘れないで。ウソついたーら。

舌を抜かれるか。

断ることのない安さんからまずＯＫをとる。それが北尾の手だった。あとのものはがぜん断りにくくなる。

「あいよー」

待ってました、といわんばかりの安さんの間のびした声に、自分が一歩追いこまれたのを筧は感じた。しかし、今日という日は……。

なんといって断るか。（悪いですけど今日はよんどころない事情があって。そやから昨日帰りぎわに今日の定時のこと、係長に確認しておいたじゃないですかと、どうどういうべきだ。それにしてもなんてことだ）

北尾がこんどはプレーナーの石本に向かう。石やんのことだ、たぶん断るだろう。街にはうきうきと「ジングルベル」が流れているのだから。《今日はクリスマスイブや、貧乏くさいおっさんらと残業なんかやってられるか、おれは若いんや、彼女の一人や二人おるんや》と革ジャンの肩で風切り《サイナラサイナラ、悪いなあ、おっさん》と掌をひらひら振って帰って行くのだろう。なんにつけエエカッコシイの若者だから。

北尾が指を二本立てている。二時間やってくれ、ということだろう。小柄な石本の肩を抱いてことさら親しさをさえ演じながら。二人の間に不自然な笑いが弾けた。しぶしぶ承知したようだ。

意外だった。二人がこうした笑いを見せるのは北尾が部下に下手に出て無理を頼み、それが通ったときであることを筧は知っていた。筧は自分の立場の外堀が埋められていくのを意識した。頭のなかで「断る」「受ける」がそれぞれの理由を乗せてせめぎあった。

悪いことには午前中、オシャカ（芯高の基準寸法を百分の一ミリマイナス）を一個出していることも、重く気持ちの負担になっていた。《寛君、なん年フライスやっとんのや、もっと仕事に集中してくれんと》今日こそは定時で、とそればかり考えていたからだろう。

《すんませんでした。以後気をつけます》

《関係ないこと、へんなこと考えとったんやろ》

《いえ、はい、そのお》

しかし、へんなこと？　なにを想像してそういうのだろう。長時間残業の連続で疲れはて精気を失った北尾の顔を見つめた。管理職は部下に残業を断られると、自分がその機械を使ってでも工程の帳尻を合わせなければならないのだ。そのため定時で帰ることはめったにない。

へんなこと？　寛はもういちどその意味するところを考えてみた。そして腑に落ちた。つまり阪木さんに近いことへの嫌味なのだ。鳥のような疲れた顔から寛は読みとった。牽制したのだろう。あの事故以来、北尾の言葉の端々にときおりイミシンな刺を感じる。

それは去年のことだった。

関西地方が梅雨入りし、うっとうしい雨がつづいていた。その日春子がリューマチの（毎年この時節になると症状が悪化した）膝や頸部を痛がり会社を休むことになったので、かわりに筧が出勤前にチイ子をバイクの後ろに乗せ保育園に送って行った。電車通勤しているのでバイクをいったん家に置きに帰る途中だった。予期せず時間を食ったので、ときどき腕の時計をのぞきながら飛ばした。

〝三回の遅刻は一日の欠勤扱い〟という労働協約の文言が頭にちらついた。そのぶんアクセルを踏む足にも力が入ったのだろう。

阪和バイパスに出る交差点で信号が黄色から赤に変わった。一瞬迷ったがそのまま突っこんだ。左から急発進してきた赤い乗用車をちらっと目の隅にとめたときにはブレーキが間に合わなかった。バーンという衝撃音と同時に、全身に強烈な痛みを覚えた。身体は横倒しになったバイクごと、三メートル先のガードレールにぶつかった。瞼の裏がわを血の色をした閃光が走った。

遠のく意識の淵で自分の身体がまっ暗な空間を、逆さまになったまま加速度的に落下して行くのを感じながら、おれは死ぬのかもしれない、とただそのことだけを瞬間意識した。

肋骨と左大腿部骨折で三ヶ月の入院となった。入院の翌日、総務課長と若い女子社員がきたのを筧は、全身の激しい痛みの狭間でもうろうと意識したが、話のできる状態ではなかった。一週間ほどして労組から高田書記長と執行委員の阪木が見舞いにきた。あ、そうか、阪木さんがきたのは組合の厚生部長だから、と筧は合点した。
話を交わすと肋骨に響いて思わず顔をしかめた。しかし阪木は気遣う様子も見せずに仰向けになったままの筧に四角い顔を向け、怒りを帯びた声でいい出したのだった。
《会社はこの事故を、保育園から家に戻る途中やから出勤途上とは認めんのや。おかしいと思わんか、筧くんは。そうやろ》
すると《まあ、その話は、阪木さん、ここでは》と、頬骨の出た浅黒い顔に笑みを浮かべ高田が阪木をかるく手で制した。誰に対しても笑顔で話す穏やかな人柄が好かれるのか、ここ数年来ずっと書記長に当選している。阪木と同年配で五十歳に近い。なにごとにつけ《まあ、まあ》と事を荒立てまいとする。しかし、と筧は思う。労組書記長なのだから、阪木さんのように会社に嫌われるくらい労働者の利益を守ってたたかってほしい。筧は、その柔和な顔に問いかけるような視線を投げた。
《そやけどな》
阪木さんが書記長を強く見かえしていった。
《そやけど、本人の意思は確認しとかんとな。おれは労災にすべきやと思う、そうやろ、筧くん。会社は抵抗してくるやろうが本人がそれなりにかまえとったら、これは労災になるで》

四角い顔が高田と筧に一瞥をくれながらきっぱりといった。

労災にしてもらえるならそれに越したことはない。入院費用だって休業補償だって。しかし会社が労組の要求をすんなり受け入れるだろうか。難しいような気がする。高田ではないが、会社とはあまり事を荒立てたくない。筧は困惑した胸の内で思った。たたかえばその反動がいろいろな形をとって返ってくるだろう。阪木さんは「それなりにかまえとったら」という。労働者なら働く者の権利を守って腹をすえろ！そういうことなのだ。

ずっとこの会社にいるのならば（もちろんその気でいるのだが）、と筧は芯に痛みの残る膜のかかったような頭で損得勘定のそろ盤をはじいた。おとなしく、安さんのように唯々諾々と月百時間近くの残業をこなし、社内の安全衛生運動や消防訓練を率先して参加していれば、そのうち係長に昇進し給料だってそれなりに増えていくだろう。上司や社長にとりいってことなくやっていれば、定年近くにはハレて課長にも……。

そのコースに乗るのだったら、いま会社とことをかまえるのが得策でないのは火を見るより明らかだった。しかし、と筧は痛む頭のなかでそろ盤をおきなおすのだった。

それでお前は、その気になってフリーターや派遣より少しましな身分であることに気をよくして、カローシ一歩手前、いやひょっとしたら本当にカローシするかもしれないぐらい働きつづけるのか。係長というが北尾を見ろ、部下が定時でおけばかわりにその機械を自分が動かし、結局安さんと同じくらい残業しているではないか。

それでいいのか。一人一人が安さんや北尾のような考えに立っているかぎり、事態はいっこうによくならない。いつまでもこのT製作所の労働者は長時間労働と世間より低い賃金、姑息に労災を隠し……そして阪木さんのように会社を批判する自覚的なのが出てくると、ガンと頭を打ち、いろいろ嫌がらせをして自ら退社していくように追い込んでいく。阪木さんだから頑張れるのであって、おれなんか。

心臓がドキ打ってきた。

〝会社の利益は吾人の幸福、社会への貢献〟額縁に入れて食堂に掛けてある社是を白々しく思い出した。筧は二人から目をそらした。天井が圧倒的な白さで迫ってきた。悲しい白。おれは生きている。筧は白い天井を見つめた。

よく見るとその真っ白な天井に一筋細く長いひびが走っている。古い建物なのだろう。筧はその一本のひびわれを妙に新鮮な感覚で発見したような気がした。そしてこのときとつぜん身体の深い所が、ある力強い感情にとらえられたのを知覚した。それはまだはっきりとした形はなしていない想念ではあったが、息苦しい胸の内がわでひたひたと波打った。

《そうして……いただけるなら》

阪木から書記長のあいまいな微笑を浮かべた顔へ視線を移しながら、筧は臆した声でいった。
《心配せんかていい、あんじょうやってやる。なあ、書記長、ハハハ》
かわいた笑いが白い病室に小さく弾けた。

4

バイクの事故は、結局労災となった。それがはずみとなって次の年の春闘では『労働協約』が改正された。出退勤時の交通事故は、途上に家事都合をはさんだ場合でも労災扱いとなったのだった。「三回遅刻は一日の欠勤」の条項も削除された。

阪木は毎年九月の、労組委員長選挙には自薦で立候補しているのだったが、当選にはわずかの差で及ばなかった。ここ数年、北尾委員長だった。

《キョーサントーが委員長になれば、ストばっかりやって会社を潰す。中小企業には労使対立なんてあらへん》役選になると、会社の上層部や労組三役らがまことしやかにいいふらすのを、筧も交通事故の前までは（そうかもしれない）と深く考えることなく思っていた。上司だからと、それだけの理由で北尾に一票投じていたのだった。そして、阪木票がいつも六十票ほど入っているのが不思議だった。
しかしあの事故のあとの委員長選挙では、阪木支持で動いた。日ごろ親しく口をきく気ごころの知れた人に、阪木に入れるように頼んだ。おどおどとあたりを憚りながらではあったが。
まずは鋼材倉庫のおっさんに頼んだ。たまに同じ職場の連中と帰りにA駅裏の立飲みに付き合って行くとたいがい顔を合わせるので、いつしか親しくなっていた。おっさんからはある宗教への入会をすすめられているが、適当に逃げている。選挙になると、その宗教の政党の候補への投票を頼まれる。だからこんどはこっちが頼んでもよいはずだった。
《おっさん、頼みたいことがあるねん》
《なんや、倉庫まで油売りにきたんか。おれは忙しいんや》
《ウソこけ、居眠りこいとったくせに……あのなあ、実はそのー》
《早よう、いえ、おれは忙しいんやから》
《実はな、組合の、そや、委員長の》
《ああ、阪木さんか、あんた世話になったからなあ。キョウサントウでなかったら、ええ人なんやけどなあ》
《なにいうてんねん、なに党かて、わいら労働者のために働いてくれるんやったら、ええ

んちゃうの。会社に嫌われても動いてくれる人やったら》
《筧はん、あんたもとうとう宗旨がえか、わかった、わかった、早よ、いね》
《あんじょう、頼んどくで》
昼休み、石本にあたってみた。
《石やん、役選、どないすんのや》
《そんなん、どうでもええ。関係ない》
《関係ないって、お前、おれら労働者はなあ、労働組合にしっかりしてもらわなあかんのや。女の子のケツばっかり追っかけとらんと、少しはものを考えろ、ええな、頼んだぞ》
《営業の阪木さんか》
石本は急に声を落すと片目をつぶり、
《「鳥」はあかんな、あれは。完全に会社側や》と、意味ありげな視線を筧に泳がせた。ええ格好しで、どこか頼りない男だが見るところは見ているんだな、と筧は若者の隠れた一面をかいま見たような気がした。たぶん、入れてくれるだろう。次に安さんに声をかけた。
《あの男にずっと入れとる、心配すんな。人にも頼んどる》
意外だった。細い目の人懐こい顔でVサインまで見せたのだ。北尾と馬の合う残業虫、と日ごろは苦いざらざらした感覚を皮膚の下にとめてきたのであったが、見直した。急に親愛の情にかられた。筧は自分の人を見る目の浅さを思い知った。

開票の結果は、阪木が北尾を八票差まで追い上げた。あとひと周り広く声をかけていれば、と筧はほぞを噛んだ。

5

昨年の交通事故からその後の役選以来、北尾係長との間に一種ぎこちなさというかすき間風が生じたのを、筧はうすうす感じとっていた。自分では努めてノーマルな上下関係を意識しているのだったが、向こうがことさら神経質になっているように筧には思えてならない。他の部課長に対してもそれはいえた。役員会や部課長会議ではおそらく阪木に近い「要注意人物」として、かれらの口の端に上っていることが十分考えられる。

昨年の役選から半月ほど経ったある午後のことだった。

フライスカッターの切込量を微調整していると、背後に人の気配がした。その視線が自分の背中にじっと注がれているのを直感した。社長かいつものようにまわってきたのだろう。筧が振り返ることなく腰をかがめハンドルを回していると、

《阪木くんとは、飲みに行くことあるのか》
と、押し殺したような低い声を背に浴びた。振り向くと尾崎専務のこわばった顔があった。筧をつよく見てからいびつな微笑を見せた。筧と視線が合うと探るような視線があわてて逸れた。職人上がりの社長より今はこの人の方が、Y製作所では実質的な力があることは公然の事実だった。東京工大出で歯車の本も出している。一見紳士的で穏やかな顔をしているが、ときおり強い視線で相手を見つめる。
《いえ、はい》
くぼんだ油断のならない眼が一瞬翳を帯びて筧をとらえた。
（やはり……とうとうきた）ぼんやりした不安にくるまれたいきどおろしい感情が胸の内がわに染め上がってきた。しかしこのとき妙に腹が座ったのはなんだろう。（なにをいうか、誰と飲もうと勝手やないか）と思った。胸の内そのままの顔で、相手を正視した。尾崎は筧の表情の意味を推しはかる眼をあわてて宙に泳がせ、なにもなかったように小さくひとつ空咳をした。それから筧にくるりと背を向けると、後ろ手に組んだ掌を小刻みに動かしながらラジアルボール盤の方にゆっくりと向かって行った。そして安さんに二言三言なにかいった。安さんがそれに答えると、メタボの腹を反らせあたりに笑いを弾いた。筧を目の端にとらえながら、残業虫に親しみを演出して。

（そういうことか）筧はくっきりと腑に落ちた。

この日ずっと尾崎のことばがいろいろな意味を加えて頭のなかで波立った。（俺はいま試されている）あいまいな不安の影が、筧の心をかげらし落ち着かなくした。

ちょうどこの日は土曜日の定時だったので、安さんを駅裏通りの『鳥常』に誘った。今日の尾崎専務とのことで、自分が会社に対して一歩踏みこんでしまったという自覚とぼんやりした不安が、安さんをぐっと味方につけたいという思いがあった。今日の心の揺れは酒で消さなければ帰れないと思った。それもあるが役選でかれの新たな一面を見て以来、盃を交わしながらいちどじっくり話してみたくもあったから。

本音で話せそうな気がした。尾崎のことばをどう受けとめたらよいか。世慣れしているかれがなんというか。

《いいねえ、筧と飲むのは久しぶりやなあ》

安さんは小鼻をふくらませて乗ってきた。ほとんど毎日三時間、四時間残業の安さんとは、会社の連中がよく行く駅裏の立ち飲みでもめったに会うことがないので、かれがいうように実に久しぶりであった。立ち飲みよりずっと高くつくが、今日は自分が全部もとう、と筧はひろやかに思った。

《阪木さんと飲みに行っとんのかって……あの尾崎が。どう思う？》
酔いのまわりはじめた頭で率直にぶつけた。
《そういうもんやて》
安さんがわけ知り顔に微笑んだ。その顔を八勺枡の一角に乗せた粗塩にはこぶと、ピンク色の舌先でぺろりとなめ枡の酒を喉に流しこんだ。液体が通って行くとき、ぴくりと動いた喉仏の上ののっぺりした顔がしあわせに輝いた。そして早くも朱に染まりはじめたゆるんだ顔がふっとかたくなり、あたりを見まわしてから声を落としてつづけた。
《あの尾崎が労組委員長やっとたこと、考えられへんやろ。見ごとな転向や。たぶん阪木と同期入社やと思うけど。阪木かてふつうにやっとったら、いまごろ技術部長や。府大の工学部出て、それがいまだにヒラ、それも畑ちがいの営業、人はさまざまやなあ》
《そんなん、ありか？　労働組合って、出世の手段か？》
思わず声を荒げた。
安さんが細い目をふたたびあたりに配った。かなり混んできたが会社の者はきていないようだった。
《そういうもんや。まだ若いんやし、あんたも執行委員に出てそれから書記長でも委員長にでもなって、バリバリやってやなあ……そやけど阪木のように本気になったらあかん。

会社と取引きして適当にやらな、ハハハ》
声が高くなっていた。筧の方がはらはらして、思わずあたりに頭をめぐらした。いかにも安さんらしい皮肉だった。さわだつ酔いが砂を噛むようにざらざらとさめるのを感じながら筧は、残業で稼ぐことしか考えていないような男が、見ることはきちんと見ているのが不思議な気がした。このとき縄のれんをかき分け、男たちが数人入ってきた。嬌声で迎える四十がらみの和服の女の尻を、安さんのとろんとした眼が追った。
酔うほどに安さんの舌はまわった。
筧が入社するずっと以前に、尾崎と阪木が中心になりY製作所に労働組合が結成されたこと、その直後阪木が技術部設計課から営業部に左遷されたことなどを、遠くを見るような酔眼になぜか涙をさえ浮かべ語ったのだった。
(この男はなにかを隠している。自分もかかわったなにかを隠している) 目尻に涙のあとをとどめた暗く赤い顔を、筧は妙に落ち着かない悲しい気分で凝視した。
《みんながみんな、わがことしか考えんかったら、たたかわんでだまっていたら組合とか世の中はいつまでたってもようならへんのや》
今年九月の役選の前だった。執行委員への立候補を促されて筧が断ったとき、阪木が切実さをはらんだ声でいったのが思い返された。少しもどかしそうに表情をくもらせ、筧の腹の底を見抜く眼で諭すようにいったことばが、安さんの揶揄に重なった。

あのときは安さんのいうその「本気」とやらには、とても腹をくれそうになかった。

《阪木はようやっとる、奥さんと子どもがあるのに。なかなかああはできん。筧よあんたが表に出て阪木を助けてまっとうな労働組合にせな。「鳥」はあかん、あれはもうじき課長になるで》

筧は綿のような疲れが全身を包んでいくのを感じながら（あ）と深く思った。

安さんが阪木さんから直接聞いたのだという。いまの東京営業所の朽木所長は、阪木さんと同じ設計部にいたのだったが書記長に当選して数ヶ月後、東京への配転をいわれた。阪木さんが《これは労組弾圧の不当配転だから組合としてたたかうべきや》と執行委員会で主張したのだったが、本人は《栄転だから》といって赴任して行ったのだという。筧は安さんの話をききながら空しく寂しい気がした。

ひょっとすると安さんもそのとき、執行委員ではなかったのだろうか。筧は安さんの盃に酒を満たした。

会社は本気でたたかう執行部をバラバラにしたのだ。

《なんや、うっとうしい顔して。尾崎にちょっとおどされてびびったんか。阪木はあんたを頼りにしとんのやから》

酒のせいだろう、鼻の奥から涙がじわっと湧いた。
《よっしゃ、安さん、もう一杯いこうか。ねえさん！　これおかわり》
先ほどの女に筧は、語尾に力を入れ銚子を振って見せた。

6

「悪いんやけどなあ、筧くんも……今日二時間残業やってくれはる？　そして明日、公休出勤やってもらわれへんかなあ。いや、今日はな、ほんまは全員定時でおいてもらうことになっとたんやけどなあ」

せかせかと筧に近づいてきた北尾が、気ぜわしげにいった。

（なんですか、それ）喉に出かけたことばを、筧は飲みこんだ。午前中にオシャカを出したことが、ことばをひっこめさせたのだった。

「頼む」

北尾が顔の前で両手を拝むようにして合わせた。

「営業がな、納期の短縮いうてきたんや。今になって……。殺生やで、あの人は。無理とわかってて客の要求聞いてきよるんやから。かなわんわ、あの人には」

「営業の誰ですか?」

「阪木さんや」

このギヤボックスはT自動車向けで阪木担当だった。工程表では納期は年明けの十五日になっている。それが五日間前だおしになったという。T自動車は「カンバン方式」といって、下請け工場からの納品を時間まで指定している。下請けいじめで有名な、世界トップクラスの大手自動車メーカーだった。ただでさえ短納期なのに、さらに自分のところの都合でとつぜん短縮してくるのは、今にはじまることではなかったが。

納期の厳しい受注先を、あえて阪木に担当させているのが、いかにもこの会社のやり方だった。頭をかきかきたっぷり嫌味を浴びながら平身低頭、製造部各課に工程短縮を申し入れている四角い顔が目に見えるようだった。

T自動車を担当する阪木さんの苦労がわからないではないが、しかし今になって……。

今朝のチイ子の顔が浮かんだ。子どもたちをせきたてる春子の顔が浮かんだ。北尾でなくても「殺生やで」とぼやきたくなる。それにしても「サカキサンが」と、どこかあてつけがましく、そこだけオクターブ高く聴こえたのはひがみだろうか。しかしその「サカキサン」が、筧のなかの《今日は絶対定時で帰る》の強い気持ちを萎えさせた。

断ることによって、直接間接他の人にしわ寄せが出てくるのは明らかだ。北尾はともかく安さんをはじめ同じ職場の仲間たちはどう思うか。そして「サカキサン」との微妙なカンケイ。しかしこの場合、他の営業の人の仕事であっても断って定時で帰れる状況ではない。自分が責任のある正社員であるという意識。残業が多くてもまだ「仕事があるだけまし。いわれた納期をきちんと間に合わせる」という労働組合と社内の空気。これが厳然とした現実なのだ。

筧は、「鳥」の不安の色をやどした強い眼ざしを見返した。

「頼むよ」

「鳥」がもういちど手を合わせた。疲れきって充血した眼に筧の心が揺れた。

「ええ。いえ……はい」あいまいにうなずいた。

北尾係長のかたい表情が、ほっとしたようにゆるんだ。このとき、ラジアルボール盤のかげから安さんがウエスで手を拭きながら出てくると、

「やらんと、しょうがなかんべえ」と、意味ありげな笑いを浮かべていった。

「また、エンマさんに舌抜かれるけどな」

「え？」

怪訝な顔で聞き返す安さんの声が、定時終業を告げるけたたましいベルの音にかき消された。

川跳び

次男夫婦とS市民病院に妻のハルコを見舞ったのは、春のはじめの晴れた日の午後だった。カーテンをいっぱいにひらいた窓から入ってくる光をはらんだ風が、術後急に白いものがふえたハルコの髪をなでた。

「桜が咲くころには退院できます」

顔が長いので、看護師たちからウマ先生とよばれている若い主治医がいった。

「ただし、しばらくはひとりで起き上がれないでしょうから、電動ベッドにしたほうがよいでしょう。あとは本人の努力で、そうですね、リハビリ次第で歩けるようになりますよ」

病室にさしこむ日差しが、車椅子のハルコの足もとにこぼれていた。若い看護師たちがてぎわよくとりかえているシーツが、あわい光をうけてマサヨシの目に白くしみた。

「今夜、泊まっていくぞ」

病院からの帰り、セレナのハンドルを巧みにさばきながら、ジローがスーザン・オズボーンの「アメイジング・グレイス」にのせていった。とつぜんだった。仕事をやめたときもとつぜんだった。マサヨシはバックミラーの寡黙な嫁のナオミを意識しながら、うとうとしていた。ジローは以前はホップのはじけた曲が好きだったはずだ。それがいま心を鎮める歌をCDでかけている、その心境の変化をおもった。しかし、だぶっとした服に、あみだにかぶった野球帽、ネックレスに不精ヒゲはあいかわらずだった。結婚して三年になるというのに。

「三ヶ月もひとりぐらしで、さびしかろうからさア、泊まってってやるよ、ナオミもいいだろう、あしたも休みなんだし」

「ええ……」

気ののらない声が、バックミラーのバラ色の唇からもれた。

「ジローはビールが好きだったな」

凝固した空気をはらうように、マサヨシはつとめて明るくいった。

「でも、さいきんは……ネ」

ナオミがひきとった。そのさきをいったものかどうか、七つ年下のつれあいにうかがう顔が、ふたたびバックミラーにあった。

「さいきんは安い発泡酒しかのませてませーん、かあいそうだけど……ネ、ジローさーん」

うたうようにのばした語尾が、哀切をおびて幼い。それもそうだろう、一年近くも失業してるのだからナ。マサヨシは喉にことばをとどこおらせた。

にわかにたてこんできた同じようなつくりの分譲住宅団地のなか、そこだけ一枚とりのこされた枯田に、黄色いたんぽぽが咲きはじめていた。そのわきに新しくできた外資系のディスカウントショップに、車をとめさせた。腰の手術でハルコに入院されてから安売りのチラシを見て、二三度自転車できたことがある。土曜日のせいか混んでいた。

「ビールはエビスがいいな」

酒の売り場にきたとき、ジローがいった。

いい気なものだ。

「いちばん高いんだぞ」

「ま、おれのオヤ、金持ちだから」

「金なんかあるか、年金生活者に」

缶のエビスを一カートン、それに特価のあきたこまちを十キロ入り二袋仕入れ、あとは若いふたりに好きなものを勝手にえらばせた。明日帰るときに持たせるつもりだった。息子たちが帰ってくると、ハルコがいつもそうしていたように。

カートにのせた大きなカゴに、冷凍ギョーザ、ピザ、ヤキトリなどがふたりの手でかわるがわる放り込まれていく。マサヨシはブルゾンの胸ポケットにそっと手をそえて、サイフのあつみをたしかめた。


このところ親との会話、とりわけ仕事の話をさけているジローが、アルコールが入ると饒舌だった。小さいころから人を笑わせることの好きな、ひょうきんな子ではあったのだが。

マサヨシは十年ほどまえ胃を三分の一切ってから酒はめったにやらない。が、ハルコの退院のメドもついたし、久しぶりに息子夫婦とのむのも心をかるくし、ヨメのすすめるままにグラスをあけた。失業の屈託をわすれたかのような、ジローのジョークに笑った。

仕事のことは口にすまいとおもった。口にすればせっかくの和やかな空気がこわれるような気がした。人一倍親おもいのやさしい子だけに、心を痛めているはずだ。また、二十五にもなった男に親がとやかくいってもはじまらないだろう。

「しかし、オヤジは本が好きなんだなあ、家じゅう本だらけじゃん」

二階の書斎におさまりきらず、ついにリビングにまで侵入してきた本棚を見やりながら、なにをおもったかジローがとつぜん話題を転じた。

「どうしてそんなに、本を読むんですか」

ナオミが不思議そうな顔をマサヨシにむけた。

「いい質問だ。ま、ようするに読むことが好きだからなんだが、それだけでは答えにならないな。なんていうか、真実をさがして、自分はどう生きればよいのか考えるためかなあ、ナオミさんはどうなの、本は……」

「活字きらいなんです」

あっけらんかんといった。

もっときちんと話すべきだとおもったが快い酔いとともに頭は混濁してきて、ことばがみつからない。しかし話は、ふたりがいまおかれている状況にからめて、マルクスから小林多喜二の「蟹工船」、それから自然に憲法九条のことまではずんでいったのだった。

「戦争ができる国になってしまって、そのうち……」

マサヨシはおもわず口をつぐんだ。あんたらに男の子ができたとして、とうっかり口をすべらすところだった。ナオミにはいまだその気色はない。男が失業では、子を産むどころではないだろう。

義父の面白くもない話に眠くなったらしいナオミが、あわてて口に掌をそえ生あくびを

噛み殺している。と、彼女に目まぜしたジローが、

「本が多いことは立派なことだとおもうよ、ドタマのワリイおれなんかおよびもしないことだけど、そのうち本の重みで二階が抜けおちるよ、じっさいどこかであった話なんだから」

と、いやみの滲んだ声でマサヨシの話をとった。四角い顔を赤くして。

「ベッドはここに入れるしかないとしたら、真上がオヤジの書斎だろ。そしたら近くあるっていわれている震度七以上の地震がきたらどうなるとおもう、かあいそうに逃げられないハルコさんは本につぶされるんだよ、二階が重いということは、それだけ倒壊する確率が高くなるんだから……自分の親のことをこういうのもなんだが、だいたいハルコさんが本読む暇もなくはたらいてはたらいて、毎朝新聞のチラシとにらめっこしてどこそこのスーパーが、今日は大根が三円安いとか、そんなことばっかりに熱中して趣味もなんにもなくまったくふつうのおばさんになってしまったのも、いってみればオヤジの責任だよ。オヤジは本ばっかり読んでいいよ……上等だよ、マルクスだかシェークスピアだかしらないけどさあ」

自分のことばに感情が次第にたかぶったのか、荒げた声がとつぜん湿り気をおびて絶句した。ぎこちない空気が三人のまわりにみちた。ナオミが沈痛な表情の切れ長の目でジ

ローを見すえた。それから場をとりつくろうように、マサヨシのグラスにビールを注ぎ足そうとした。

「いや、もういい」

マサヨシは掌でグラスをおおって制した。こんなものいいをするジローだっただろうか。明るくからっとした性分で、人を笑わすことの好きな素直な子だったのに。乙にからむものいいは酒のせいばかりではない。長い失業がもたらす気持ちの荒みなのかもしれない。マサヨシは父親として力になれない無力感にとらわれた。そして、この距離はなんだろう。うしろめたいおもいはなんだろう。マルクスを、憲法を上機嫌で語り、とぼしい年金暮らしとはいえ好きな読書をことさら意味づけ、つまらなそうにしているヨメをもはばからずに得々とのたまう鈍感さ。マサヨシの生きてこしさまを、ジローはその繊細な神経でとらえていたはずだ……で、あんたはなにをしてきた……と。

ジローは勝気な反面、繊細なのは子どものころからかわらない。動物が好きだった。動物を相手の仕事がしたいと、寮にまで入り遠隔地の農業高校の畜産科を出たのだったが、希望のところがなく食品会社の製造現場の職についた。そこに七年間勤めたのだったが、昨年の五月とつぜんやめている。事前に相談はなかった。理由は「性に合わないから」としか最初はいわなかった。そのごしばらくしてから「要するに真面目にやればやるほど仕事をおしつけてくるんだ、およそ誠実とか人間性の通用しない会社なんだ、ということがわかった」と本音をもらしたことがあった。

まさかやめるとはおもわなかった。いま毎日のようにハローワークに顔を出し、新聞広告などでもさがしているが、正社員はほとんどないという。この間失業保険もきれたので、倉庫で夜間のアルバイトなどしているらしい。ナオミが派遣会社に登録して、どうにか食いつないでいるようだ。

「俺の若いころは……」

マサヨシは沈みがちな声をはげましていった。

「いまの連合の前身なのだが総評というのがあって、その傘下の全国金属の○○鉄鋼は、それはつよい組合だったんだ。おれはそこの書記長とかいろいろやっていた。春闘になるとスト打ってなあ、賃上げ勝ち取った。サービス残業なんて五分もさせなかった」

「じゃあ聞くけどさあ」

ジローが赤くなった目をマサヨシにむけ、挑戦的な口調でいった。

「いったい誰がいまのような闘わない労働組合にしたの、労働基準法も守れない、非正規雇用だってどんどんふえているじゃないか。ハケンだとかワーキングプアだとか、いったい誰がこんななさけない国にしたの、オヤジだって責任ないとはいえないよ。その戦闘的だかしらない労働組合の幹部がさあ……課長だとかのエサに釣られて、自分と自分の家族のシアワセしか関心がなくて、せっせせっせとハタラキバチの会社にんげんになってさあ、出世競争させられて……みんながみんなそうやっているうちに気がついたらこんな国になってたんじゃないの、だから桃太郎みたいな戦闘的な昔話はしないでよ、みっともないからさあ」

やり場のない感情をおさえている四角い顔に、疲労の色が濃くにじんでいた。

ジローが現実をこのようにリアルに批判的にとらえていることに、マサヨシは驚いた。驚きながら、自分がいかにジローの内面を深く理解していなかったかをおもいしった。そしてこれまで自分のなかにずっとつきまとっていたひとつのぼんやりした意識が、いまはじめて明瞭なかたちで、しかもそれが息子によって（どうなんだ）とさらけだされたことに、立っている足の下の砂をすくわれるようなおもいにとらわれたのだった。含羞を皮膚のうちがわにとどめた苦さで……。

一方、ある部分息子とものを見る目の波長が合ったことにはげまされ、

「『赤旗』読んでるのか」

と、おだやかさをよそおっていった。

「読まなくてもこれだけいじめられたら、サルでもわかる。いまはカネがないから……な

あ、ナオミさん」
同意をうながす顔をヨメにむける。ナオミのとまどった視線が、夫から義父へ泳いだ。
小柄な体いっぱいに、親子のあいだの微妙な空気をまといつつナオミが、ジローのグラスにビールをなみなみとみたした。白い泡が立ってこぼれた。しかしかんがえてみれば、とマサヨシはジローのグラスの泡立つ琥珀色の液体を見るともなく眺めながら、おもいは少年のころに飛んだ。
いつも母親のがわに立っていた。あのころ父親のヒョウエにハリネズミのように全身トゲをまとい、つっかかっていた自分が、いま目のまえの息子にかさなる。サムライのような名前の親が村会議員選挙に立って、下から二番目で落ちた翌日、クラスではやしたてられた。
ヒョウエ　ガ　オチタ　キョウサントウノ
ヒョウエ　ガ　オチタ
ヒョウエは、一日二十四時間ほとんど私的生活というもののない、共産党の細胞長だった。サイボウチョウ――妙な音韻がいつも鼓膜のおくで玲瓏に鳴りわたっていた。理科の時間にきいた生物の細胞。一つの細胞はどんどん増殖してゆく。なるほど細胞なのだった。少年は父親につらなる人たちから、共産党を皮膚に感じとらえていた。

きらきらと陽を照り返す五島灘を見はるかす五反足らずの段々畑があった。二十頭の豚がいた。そして二度目からは当選しつづけた村会議員の歳費で、マサヨシを頭に七人の育ち盛りが食うのは、たいがいかつかつ以下だった。春さき、床下の穴ぐらの甘藷がつきる。一家九人の胃袋をみたすはずの麦はまだ青々と若く、指で実をつぶすと白い汁がでた。

母親がマサヨシの幼なともだちの家に米を借りにいくのを、大きな夏ミカンの木かげで息をつめて見ていた。石段を上がっていく小さな姿は、ヒョウエへの反発の芽をそだてた。豚小屋のクソかきエサやりは、農作業とともにいつかマサヨシの仕事となった。学校から早く帰ったマサヨシが姿を見せると、豚小屋が鳴りさわいだ。空腹の悲鳴に少年は、ひたすら食うためだけに生きている存在の臆病な小さな目がふとおぞましくなり、濡れて艶めく鼻面を蹴とばした。(他人のことよか、わがとこはどうすると?)蹴られたメス豚がピンク色の性器をさらし、ひいひいおめいて狭い小屋のなかを走りまわった。

昼間の労働に疲れた、泥亀のような眠りの淵で男たちの声をきいた。――ビンボーニンが飢えるとが資本主義だとしたら、その体制をひっくりかえす、つまり社会制度をかえる革命しかなかばってんが。襖一枚むこうがわで声高な議論が夜おそくまではてしなくつづいた。

マサヨシが労組書記長からいきなり課長に「栄転」しさらに東京支店長へと、誰が見ても会社がわに身を処してきたのも、いってみればマントヒヒの尻のような赤っ恥の貧しさの暗がりが、親を反面教師にさえ仕立てあげて教えた身すぎ世すぎなのかもしれなかった。しかし彼の胸の底にはそんな自分への忸怩たるおもいがよどみ、いつ梯子をはずされるかしれない不安がたえず背中にあった。

そして、いつも党の近くにいたのはなぜだろう。近くにいることでせめて人間的なバランス、精神のバランスを保とうとしたのだろうか。

切れ長の目が、ふとかんがえる目つきになっていった。

「夏にはジローさんとイワテに帰ってやろうかと……親ももう年だし」

と、つれあいに目くばせし、

「いまごろは、まだ、ハア、いっぺー雪っ子が、ハア、でもそろそろ蕨っ子がハア、ハハ」

ナンダ、コレハ、イッタイ。カネはあるのか。マサヨシは妙な気持ちにとらわれながら、ふたりの往復の旅費ぐらい出してやらねばなるまい、とおもった。とにかく男が失業中なのだから。

「だけど、お父さんお母さんには、失業してるだのなんだのと、よけいな心配かけるでないぞ、わかってるな」

レンジがチーンと鳴った。ナオミがピザにナイフを入れ、三等分しはじめたので、

「おれはいらないよ」

と、つとめてなにげなさをよそおっていうと、なぜかわれの声が意外に暗くきこえて、胸のうちにせつなさがふくらんできた。

「なんだ、オヤジ、食わねーの」

ジローが二重まぶたの大きな微笑していない目をしていった。

「ああ、脂っこいのはだめなんだ」

「あ、胃がん？　ヒョウエじいさんも胃がんで死んだ」

末梢神経をそいでみせるジローの半畳の意味を解しかねたヨメが、義父に真顔をむけた。マサヨシは「あ」とおもった。誰かに似ているのだ。どこかで一度会ったことがあるような細い目のナツメ形の顔。そしておもいだした。ハルコが不自由なく歩けるころに行った、京都のなんとかいうお寺の弥勒菩薩の慈愛にをみちた顔。すこし寂しげなその顔を、本の重みで落ちてくると酔いにまかせて予言された天井にむけている。このときマサヨシは、蛍光灯の仄白い光のかげんか、上にむいている顔がおもいのほか浅黒く、右耳たぶ下にアザがあるのにはじめて気づいたのだった。そして、浅黒いのは地ではなく日焼け

なのかもしれないとおもった。そうおもうと心がしめつけられた。アザと見えたのは、ヘルメットをきつくかぶった顎ヒモの痕のようでもあった。結婚すれば生活の全責任はふたりにあるのだから、親はいつまでも手をさしのべることはできないのだからと理屈の上でわりきってはみても、失業中の子の親の立場はヨメにたいしてやはり負い目ともいうべきものがある。政治からくる格差社会がどうのこうのいうまえに、わが子をふがいなくおもうこころ持ちが泡立つ。雨の日風の日一日立ちつくし、荒っぽい男どもの罵声と排ガスをあび赤い筒棒ふってダンプを誘導している小柄な弥勒菩薩の顔が、とつじょとして血の色の夕映えを背になにかにおびえてたたずむ、ムンクの「不安」の女にオーバーラップした。

北上山地の民話の里から出てきた文字どおり山出しの、無地のこころやさしい女だから危機にはいたっていないが、損得勘定をさきに立てる小利口な目はしのきく女だったら、一年近くもまともな職のない酒飲みなどとうに見切りをつけていることだろう。親がやかましい財産などあればともかく……。

癒し系のナツメ形の不思議な顔に、マサヨシが哀しげな視線をなげかけていると、

「まいにち、現場が変わるんです、登録ハケンですから」

と、聞きようによってはいろいろにとれる口調でいった。パーマっけの失せた髪が額に

たれかかるのをかき上げながら。

辞めたよ、と臆した声で電話があったのは、辞めてから三ヶ月もたってからだった。ジローらしいこころくばりが一日のばしにしてしまったのだろう。あるいはがちがちの会社にんげんだった父親に、退職のいいわけなど通用しないとでもおもったのだろうか。

ナオミが目をこすり、首をもみ、頭をふって、ようするに眠い信号をさっきから発しているのにマサヨシは気づいた。ジローも議論に倦んだらしくなまあくびを連発している。

「もう、休もうか……」

いたわるようにマサヨシがいった。

自身明日は四時には起きなければならない。自転車で週三日「赤旗」を配達していた八十年配の男の人のかわりを、昨年十月ハルコの病状の悪化を機に退職したあとひきうけたのだった。その男の人には、もう体がきかないから、というのを代わりが見つからないままつづけてもらっていたらしい。「赤旗」の集金にくるトンコに「ぜひ」とたのまれた。

トンコは地域の共産党の支部長をしている。マサヨシとは同じ年恰好で夫と小さな健康食品の店をやっている。前夫の子の大学生の息子と知的障害の中学生の娘がいる。ころころ肥っていて気さくであけっぴろげな人だった。トンコというのは愛称だろうが、なるほどとマサヨシはおもう。集金のほか演説会や「赤旗まつり」などがあるとかならずさそいにくるし、漬物をつけたから、といってはもってきてくれたりするのでマサヨシ夫婦とは懇意にしている。他にいなくて、という彼女の困りはてた顔にたのまれると、ハルコの介護があるとはいえ、読書など好きなことをしている身で断るのはなんとなくうしろめたいような気がしたのだった。(党員でもないのに)というおもいが一方にはあったものの……彼女も週三日他のコースをやっているという。

ヒョウエも配っていた。島の集落の石段を上がったり下ったりしていた。そのとき使っていた青い手提げ袋を、同じ「赤旗」配達に息子の自分が使うことになるとは、マサヨシはおもってもいなかった。ヒョウエが死んだとき、母親がカタミワケにくれたのだったが、なにかおもうところがあったのかもしれない。地域の党の事情、トンコのたってのたのみ、それもあるが配達をひきうけたについては、そのことが親の意志をおくればせながら継承することになるのだとしたら、それもわるくはないだろうという内心の深いおもいもマサヨシの気持ちをおした。親にたいして孝行らしきことのできなかったせめてもの償いのようなおもい。後年彼が父親のことを理解できるようになったとき、かんがえてみれば当然のことなのだが、ヒョウエは自分の意志を子に継いでほしかったのでないか、とおもうようになった。

するとヒョウエにこころ閉ざしていたころのことが、ある種悔悟の念とともに皮膚のうちがわからちりちり疼き痛みはじめた。この痛みは決して癒えることはないだろうけれども。また、不本意ではあったにせよ会社のリストラに呼応して部下の肩をたたいたことも、己が人生の黒いアザとなって皮膚に残っている。辞めていった初老の男の涙のふくらんだ目がマサヨシをにらみすえ、背にびっしょり冷たい汗を感じて目覚める朝がこのごろよくある。それやこれや食うための大義名分にかくれた来し方の負の遺産が、いま「赤旗」の配達に参加することによって、多少ともあがなわれるのだとしたら……そしてジローとナオミが生きていく時代を、平和で失業のない社会にして残してやるのも親の責任であるとおもう心は、ヒョウエにつながる。ほんとうの自分を生きたいとおもう。

——おーい、おーい、跳ばんとか。

いくらか勾配のあるひろい菜の花畑と、麦畑を区切っている小川だった。川のむこうの菜の花のなかからきこえてくる声は、ヒョウエだった。選挙演説でつぶれた声。

マサヨシがその川を、いままさに跳ぼうとしている。身をかがめ膝に力をためて……。

跳べば跳べそうな気がする。が、川のなかほどの浅いのか深いのかわからない早い流れが、マサヨシをためらわせている。むこう岸の石垣の暗い穴から弁慶蟹が、左右不揃いの不恰好なハサミをふりたて泡ぶきわらっている。トンコらしい女の人が菜の花のなかでなにかいった。――どうして跳べんと、ええ、どうして。油照りの五島灘の照り返しを浴びて。――もう跳ばんばさ。

――むりせんちゃ、よかぞ、むりせんちゃ。女の声にかぶせるようにいったのが、ヒョウエだった。やさしさのにじんだ声にマサヨシの頭がこんぐらかり、決断がにぶる。光背に浮かんだ麦藁帽子のかげの顔は、東京からすっとんで帰ったマサヨシに最後に見せた顔だった。ムンクの「絶望」を連想した頬のこけた眼窩のなかの、哀しみにみちた眼差しはすでにマサヨシをこえてはるかなはてにむかって泳いでいた。このときだった。ドーンという天地をつらぬく地鳴りがしたかとおもうまもなく、家がはげしく揺れだし体が浮くほど下からつきあげられた。ナンダコレハ。蒲団を蹴上げ起き上がったが大きな横揺れに平衡が保てず、四つんばいのまま畳の黒い縁がななめに沈み込んでいくのを一瞬目にとめた。コレデスベテガオシマイダ。

「ハルコーッ」

恐怖の真っ白な頭が書斎の真下リビングの電動ベッドで身動きもならずに、落ちかかってくる天井を死を観念して見ているだろうハルコをおもった。

自分の声で目がさめた。

全身から力がぬけた。しばらくは生きたここちもなく、蒲団の上で上体を起こしたまま故郷の島の、明媚な懐かしい風景のなかのヒョウエのことばを反芻した。夢のなかのマサヨシはまだ年端のいかない少年のようでもあったし、いまの彼なのかもしれなかった。

四時に少しまえだった。いまではこの時間になると自然に目が覚める。ジローたちは廊下を隔てた部屋でまだ寝ているようだった。マサヨシは物音をたてないようにそっと仕度をして家を出た。ぶるっと寒かった。「赤旗」の配達日だった。月の光に照らし出された雲が、弓張月にかかろうとしていた。マサヨシはジャンパーのエリをたて背すじをのばすと、自転車のペダルを力いっぱい踏みこんだ。あるかなしの風が立って冷たく頬を刺した。

枇杷の花の咲くころに

1

闇に背中を押されてペダルを漕ぐと、空気を切る音が耳をかすめた。

住宅地図で探しあてた新しい読者の家は、街灯もない狭い路地裏のいちばん奥にあった。ここらでは大きい家だ。懐中電灯で表札を探すが見当らない。揺れる光の輪が、大きな郵便受けをとらえた。

mailboxと書いた白いペンキ文字の下にM・Kという小さなイニシャルがある。たぶんここだろう。拡大カードに懐中電灯の光をあてると、若者らしい丸っこい書体で西堂のサインが入っている。どういう関係で拡大したのだろうか。

家のなかで、犬が低く唸って一声吠えた。さいきんはたいがい、家のなかで飼っているので配達人には助かる。

半分出して入れてある一般紙と一緒に『赤旗』を押し込むと、スチール製の深い郵便受けの底でコトンと冴えた音がした。それが心地よく胸にとどいた。一瞬、自分も新聞と一緒に深い郵便受けの底に落ちていくような奇妙な感覚にとらえられる。

こんな大きな郵便受けを備えているのだから、物書きか何か大型郵便物を必要とする仕事をしている人なのかもしれない。新しい読者への興味が湧いた。

それから左近紫朗《さこんしろう》は、ふと東の方角へ目をやった。シルエットになったマンションや工場や電信柱がくっきりと幾何学模様に象《かたど》られ、大地に近いところから空が薔薇色をはらんでうっすらと白くひろがりはじめていた。

それでも狭い路地裏には、闇がまだ底深く沈んでいる。「夜明け前の闇」——

定年退職の少しまえに読んだ小説のなかのフレーズ。誰の小説だったろう、それが妙に心の角にひっかかった。その後間もなく、八ヶ岳連峰を赤岳から天狗岳へと縦走したときだった。三時にテントをたたんでヘッドランプの光を頼りにひとり歩き出したのだが、ほんとうにその闇の深さを実感した。

そしてこの「仕事」をはじめてからというもの、こんどは「夜明け前の闇」をいろいろ抽象的な意味で考えるようになった。今朝も自転車を走らせながらそのことを考えるともなく考え、この「仕事」を引き受けたあの日の自分のことばを反芻し、なにげなく暗い空を見上げると、弓をいっぱい絞ったような下弦の月が、深い沈黙のなかにおぼろに浮かんでいた。

2

それは三ヶ月ほど前の、梅雨の晴れ間の午後だった。

二階の書斎の開け放った広い窓から、西日を浴びた枇杷が黄色く色づきはじめているのが眺められた。その向こうには久々の藍色の空に、白い羊雲が遊んでいた。

「入党のことは一応考えさせてください。いつ頃？　そうですね、この枇杷の実が終わって、夏が過ぎて秋が来て、それから白い花を咲かせるころまでに……だけど枇杷の花というのは、いつ咲いたのか分からないほんとうに地味な白い花なのです」

と、共産党の地域支部長の坂本と西堂市議から、窓の外に目を移していったのだ。

ぼんやりと、半年ぐらいかな、と考えながら。

「そのかわりといってはなんですが……わたくしがそれを。Kさんに代わって」

重たく長い沈黙を破って、紫朗が自分の思惑を口調に滲ませていった。

「その早朝配達と集金が、わたくしのような人間でもつとまるのか、耐えられるのか。まず試してみようと。そしてその仕事のなで、党に入る意味をいろいろ考えて。結果答えがどう出るか分かりませんがね。自分の頭と胸で」

そういってから紫朗は、黄色く色づきはじめた枇杷に、ふたたび遠くを見るような目を投げかけた。そして枇杷の向うの藍色の空に、十年前に死んだ父の顔をおもい浮かべたのだった。

左近兵衛。侍のような名前だ、ともういちどおもった。名前のとおり潔く強い人だった。背が高く陽焼けした精悍な顔が、藍色の空からこちらをじっと見ていた。

胃癌で亡くなる前年、兵衛が枇杷を送ってくれた。大ぶりの甘い茂木枇杷だったので食べたあとの種を、たいして期待もせずに狭い庭に埋めておいたのが、去年から実をつけるようになったのだった。

実家の裏山の崖には、枇杷の木が三本あった。崖の脇の急な石段を登りきると青い五島灘が水平線まで見わたせた。町会議員を引退してから多少時間のできた兵衛が、その枇杷の根元に鰯を埋めたり摘果した実に袋をかけたりしているのを、帰省したおりに見かけたことがある。

「わあすごい、さすが左近さんらしい」

紫朗の言葉が終わるか終わらないうちに坂本が、見開いた大きな目をまっすぐ向け（人を見る目に一種の光がある）、諾《うべな》うように手をうった。

化粧のせいか目鼻だちがはっきりし、その整った顔立ちがセンスのいい萌黄色のスーツとあいまって、年齢よりずっと若く見せているのだが、さいきん髪の生えぎわに白いものがめだちはじめていた。関西の方の有名な女子大を出ていると誰かがいっていたが、みじんもインテリ臭を感じさせない。少し小太りで気さくなあけっぴろげな、そこらのおばさんという感じだ。

このあいだ還暦を迎えたとかいっていた。赤いちゃんちゃんこ着せられて息子夫婦にお祝いしてもらったけど、いやあねえあれ、といいながらもうれしそうに話していたのは、傍らにかしこまっている西堂の選挙のときだった。いまでも合唱団で鍛えている声に、はりがある。

共産党の支部長というのはたいへんなのだろうなあ、と左近は髪の生えぎわの白いものに、その「苦労」を重ねた。「赤旗」の集金に見えたときそれをいうと、苦労じゃないわよ、苦労とおもったらやれないわよー、と大様に笑っていった。

選挙から「赤旗」の拡大から配達集金。ほとんど毎日のような会議（党や様々の大衆組織の）、暮らしに困っている人がいればその生活相談にものってやる、そのほか地域のありとあらゆる問題が支部長のところには集中するそうだ。

銀行を定年退職した夫が脳梗塞で倒れてから半身不随になり、いまはその介護もある。普通の主婦の何十倍も忙しいのだろうに、体を壊さなければいいが、と紫朗は頭の下がるおもいである。彼女の党生活というものを兵衛にダブらせながら（それに比べ）と、自分と家族のことだけに身すぎ世すぎしてきた人生を、忸怩たる意識の底に跡づけながらことばを選ぶようにしてこういった。

「だって、これまでとは一八〇度生き方が変わるのですよ、左近紫朗という人間にとって共産党員になるということは。それをせいぜい二三日考えただけで、はい分かりましたっていうほど簡単に答えの出せる問題ではないのです、ほんとうに、これは」

決意が容易でないことを理解して欲しかったし、それに自分のいまのまじめな考えだけは伝えておきたかったので、頑なさをまとった口調でつづけた。

「入ったものの、やっぱりこんなはずではなかった、ばからしくてやってられない、ようやく自由な自分だけの時間を得たのだからあとは好きな楽しいことだけして静穏な余生を……、となるかもしれません。だから離党させてくださいでは、みっともないですから」

3

八十三になるというKさんが（坂本の前の支部長だったという）、土日以外毎朝二時間以上かけてこの地域の四十数軒の読者を一人で配っている。それが、膝が痛くなって自転車を漕ぐのがつらいので、代わって欲しいといっていたのは、紫朗も知っていた。正月に西堂と坂本が新年の挨拶に見えたとき、そういうわけですからKさんの配達を代わってやって欲しいのです、と頼みにきたのだった。

しかしそのときは定年後まだ同じ会社で、週三日の嘱託ではあったが勤めていたので、それを口実に（朝早く出勤するからと）断ったのだった。それほど朝早く出勤するわけではなかったから、週五日は無理としても二日や三日やろうとおもえばやれないこともなかったが、毎朝三時に起きるのはなみなみならぬ決意のいることで、続ける根性がなかった。

配達料だっていくらにもならないのに、という打算も心の隅に働いた。党員ではないのだからそんな義務はないのだから、という了見に後押しされながら丁重に辞退したのだった。

しかしこの三月の末、完全に退職して昼間も家にいて庭木を剪定したり、寝転んで小説を読んだりの年金生活に入ってみると、Kさんより一回り以上も若いのに、と配ってもらってだけいることに、なんとなく引け目を感じるようになったのはなぜだろう。

まだ明けやらぬ朝、背中の曲がりはじめたKさんが自転車に乗ったまま、門の郵便受けに「赤旗」を入れている姿を枇杷の枝越しに見るたびに、長年密かにこの党を支持してきた人間として、のうのうと時間をかけてコーヒーを啜りながらテレビを見ている自分のいまのありさまと、左近紫朗の人生が炙り出されてくるようで、なんとなく心の座りがわるかった。

一方、自分が断ったことは忘れたかのように棚に上げ、ある日、

「八十三歳にもなる老人が、もう代わって欲しいと訴えているのにつづけさせるなんて、ほかにいないのですか」

と坂本にいったことがある。

茄子が漬かったといってわざわざ持ってきてくれたとき、党員ではない気楽さからつい口を滑らせてしまったのだ。

すると、

「それは分かっているけどいまのところ誰もいないので。そういって気づかってくれるのは左近さんだけですわ、そういう人こそぜひ党に入っていただいて、わたしたちと一緒に

いい世の中つくる仕事に手を貸してください、そして配達活動に参加していただけませんか」

と案の定薮蛇になってしまった。

あのとき（そういう人こそ）と坂本はいったのだ。おそらく紫朗の胸のうちを見越し、あえてそういったのだろうけれども。

4

梅雨の晴れ間のあの日は、うってかわって気持ちが爽やかだった。定年後のこれからを生きるポジティブなものが、胸の深部で泡ぶいていた。

「活動はあくまでも自発的なもので、個人の自由まで束縛しませんから。もちろん、左近さんのその、いろんな趣味だとかこれからやろうとしていることは保障されなければなりませんね。個人の能力を自由に開花させる社会を、と『綱領』にも書いてあるぐらいですから」

少しもどかしそうな表情で坂本が、ときどき眼鏡を押し上げことばを選ぶようにして、自由を強調した。

瞼の裏のパステル画のような遠い風景のなかの兵衛が、醗酵しはじめた決意をにぶらせ、もうひとりの左近紫朗が、幸福というものは、とわけ知り顔で問いかけた。

三人を重たい沈黙が支配していた。

ムクドリが二羽、枇杷の枝に飛んで来て、色づきはじめた実をついてからすぐまた青い空に飛び去った。

紫朗は正面(坂本たちの背後)の白い壁の、真っ赤な夕日の下の男と女の絵を見るともなく見ていたのだが、そのうちその女の小さな丸い目に見詰められているような気がして妙に落着かなかった。

「もうそろそろグランドに下りて、レギュラーになってプレーしてください、ハーンシーンタイガース、フレーフレーフレーって応援団席でうたってるばかりでなく」

それまでかたい表情を見せていた西堂が、とつぜん六甲颪のフレーズを口ずさんでいいそえた。

紫朗がトラキチを公言していたからだろう。この若者はいつもタイミングのいいところで長い顎から実に軽妙な冗談をひょうひょうと繰り出す。彼がいるとその場の空気がやわらぐ。

坂本が「また」といって、微妙な笑顔を西堂から紫朗に移した。

うまいことをいうな、と紫朗は感心したが自分のいちばん触れられたくない胸の奥を逆撫でされたようで、そのたとえは少ししゃくにさわった。で、西堂が熱烈なジャイアンツファンだと知っていたので、だいたい保守的な体制支持の人にジャイアンツファンが多いのだが、とジャブをかえした

「ハハハ、それは左近説ですか、はじめてきいた、ハハ」

若者が屈託なく、鶏みたいな声で豪快に笑った。

この日の前にも入党の話はあった。退職して十日ほど経ってからのことだった。党地区委員長と坂本が来た。

雨が降り続いていたからか、ぽっかり時間の空いたことからくる退職後遺症なのか、朝から気分が塞いだままなにをする気力もなく（くだらん、とおもいながら）テレビを見ていた。

ようやく念願の自由な時間が出来て、これから第二の人生を生きるぞ、と希望に燃えて退職したはずなのにいったいこれは、どうしたというのだろう、と自分が自分で分からなくなっていたところへ、ふたりが訪ねてきたのだった。

――戦争のない、まじめにはたらく人が、ばかを見ない社会、と人なつこい顔がいっ

た。諄々と説く委員長の、決して流暢とはいえない静かな声が、紫朗の耳に明るくおごそかに聴こえてきた。

「そういう新しい社会をめざしてですね……人生の大先輩に対して私がいうのも口はばったいのですが、大切なかけがえのない、いちどきりの人生だからこそですね、もっとも価値ある生き方を、左近紫朗さんのようなまじめな方には選択していただきたいのです」

「まじめ」とはなにか。卑屈な年月を刻んだ時間の長さが、紫朗の胸を頑なにしていた。

「いえ、決して遅くなんかありません」

荘重なmelodyのように、静かだが粘り強く熱っぽく語る五十年配の地区委員長（四月の、西堂の選挙のときに選挙事務所でいちど会っていた）の話は、自分と兵衛の人生を錯綜させながら鼓膜の奥に奏でられるショパンの「英雄ポロネーズ」の、心を突き刺すような響きに和して、紫朗の意識の表面を滑っていた。

心労が多いのだろう、五十をいくつも過ぎていないのに、少ない白髪がかなり後退していた。深く考える目つきで相手をまっすぐに見詰める目のまわりが、窪んで黒ずんでいた。

「坂本さんにいただいた『綱領』も読みました、『規約』も読みました、しかし読めば読むほど考えれば考えるほど、わたくしのようなけちな人間には、とてもとても資格がない

たのだった。

自分のことばを他人のそれのように聞きながら、紫朗は地区委員長の話を掌で払いのけ

ようです」

それから三ヶ月も経たないのに、「一応考えさせてください、そのかわりといってはなんですが」ということばが抵抗なく口をついたのは、やはり梅雨の晴れ間の青い空のせいだったのだろうか。

黄色い枇杷の実の向こうの久しぶりの青い空。いずれにしてもなにか意思表示しなければならない、と追い詰められた気分を胸の内側に還流させながら、そういわなければ坂本に対してすまないような、これまでの近所付き合いのこともあるし（ふだん、妻のひろ子も懇意にしていた）と、そんな思惑にかられたのもたしかだった。

一方Kさんの配達のことで、いっぱしのヒューマニストの顔して、あんなことまでいってのけた手前もある。

なによりも、党の人たちならたいがいやっているというその早朝配達をとおして自らの頭で、ほんとうの党員になれるのかどうか、自らを鍛えなおしながら（変身出来るかどうかわからないが）答えを探してみよう、と考えたのだった。そのなかで党のほんとうの姿

も見えてくるだろう。

真の認識は経験とともにはじまる。なにかの本で読んだことばが頭の隅をよぎった。ともかくあのときはすでに紫朗の腹の底の方から、人生をこのまま終わらせたくないと、疼くようなおもいが泡だっていた。

これまでの人生のあいだ、自分と家族を守るために、という大義名分を額に貼り付けて（兵衛のように強い人間ではないのだから、おれはおれの生き方しかできないのだからと）職場の共産党員や民青と見られていた人たちとは、意識的に距離をおいて泳いできた。

社長の息子の取締役と新宿のスナックバーで飲んだときだった。同い年の気安さも預って、誘われるといつも尾を振ってついて行った。次期社長といわれている人と、親しくしておけば損はないだろう、と。

会社が新たにつくった従業員組合（〝御用組合〟と第一組合の人たちは軽蔑的に呼んでいた）に入ることを唆された。

この会社で生きていくのだったら、と、ボトルキープしているホワイトホースの水割りを自分でつくって、紫朗の方に滑らせ青年取締役がいった。

「いまの労働組合にいたって仕方ないでしょうが……、あなたのようにまじめな人が。わるいようにはしませんから」

酔っていない目が紫朗をつよくとらえて、つくった微笑を浮かべた。

以来定年までずっと会社側に身をおいて生きてきた時間はもどらない。もどらないがせめて晩節は、ほんとうの自分を生きてみたい。兵衛のかかわった事業に堂々とつながって、納得のいく自分の歴史を完結させたい。そうでないとおそらく悔いが残るだろう。

梅雨の晴れ間の光を浴びた枇杷の木が、紫朗を見ていた。

5

あと五部。次は市営住宅だった。母子家庭でふたりの幼い娘を保育所に預けて働いているYさんのところだ。

もう起きているだろうか。離婚後資格を取ってヘルパーをしているときいていた。

「人を助ける仕事ですからやりがいがあって大好きなのですけど、お給料が安くてねえ」

集金にうかがったとき、疲れた顔でいった。

「でも、この新聞読んでると、わたしと同じような人が前を向いて一生懸命生きてるのだなあって励まされるのよ、だからしっかり読ませていただいてますよ、そしてあなたがたの党に（党員だとおもっているのだろう）もっと大きくなってもらってこんどの選挙に勝って……わたしたち介護労働者の賃金も上げて貰わなくちゃ、頑張ってくださいよ」

逆にこちらが励まされた。期待をひしひしと感じた。党はこんな人たちによって支えられているんだなあ、というおもいが啓示のように胸を充たした。こういう読者が自分の配る新聞を待っているのだとおもうと、ペダルを踏む足にも力が入る。

暗い路地から国道の四号バイパスに出ると、いきなり車のヘッドライトの洪水に見舞われ、目が眩んだ。

しかし、目を眩ませる明るいとも暗いともいえない光にほっとするのはなぜだろう。暗いところばかり走って来たからだろうか。それもあろう。が、ここまで来るとあと五部、今日の配達の責任を果たした充実感が体の深いところから染め上がってくる。そしてこのときふと、光ってなんだろうという考えにふたたびとらわれた。

ねえ、人間は光があるから生きられるんだよ。

主人公が、曖昧屋から身請けした女に語る場面がおもい浮かぶ。若いころ読んだ小林多喜二の小説だった。そうしておれはいま、Ｙさんに光を届けているのかも知れない、とおもった。

新聞の束を梱包していたビニール袋が、大型ダンプの風圧で前かごから飛び出し、車列の上の暗い光の流れに舞った。しばらくふわりふわり漂って消えた。

はあー
夏は灯台白浪うけて、　ハ、ヨイヨイ
海の蒼さが目にしみる
クルスの鐘の鳴る島よ

バイパスを東京方面に三百メートルほど走るあいだに、いつも民謡を力いっぱい唄う。今朝は故郷の島の唄だ。子どものころ、一杯入った兵衛が盆踊りの櫓の上で唄っていたのを、いつの間にか覚えた。

切れ目なく流れる車の騒音が、高い声をかき消してくれる。この時間、まだ人も通っていないので（日によっては、犬を連れた人やジョギングの初老の男に出会うこともあるが）高音部がおもいきり出せる。

民謡はつね日頃高い声を出していないと、唄えなくなる。山登りとともに続けたい、とおもっている。

大型トラックが、激しくクラクションを鳴らして、ガードレールすれすれに紫朗の脇を走りぬけた。いがらっぽく生温い風に帽子が飛ばされそうになる。あわてておさえる。

次男が結婚した年は、阪神タイガースが勝ちに勝って二位の読売ジャイアンツを二十ゲーム近く離していた。

よし今年こそ優勝間違いなし、これあげるから一緒に応援しようぜ。家を出て行った日だった。蒲団やダンボール箱で後部が見えなくなったカローラに乗り込みながら、ハイタッチしておいて行ってくれた記念の帽子。失くすわけにはいかない。

父親似の四角い不精髭の顔が、放射する暗い光のなかで笑った。

大学卒業後日本橋の小さな証券会社に勤めたのだったが、そこを四年ほどで辞めた。辞めてから電話があった。

あのままいたらたぶん鬱になったんじゃないかな、先輩にもそんなのがいたし過労死で自殺した上司もいたんだぜ、それに下がると分かっている株を買わせるなんて、おれにはとても勤まらないよ、人間一生の仕事じゃないとおもった。

そういわれると、人生の長い経験者、日本経済の高度成長を担ってきた会社人間の父親の顔して「根性が足らん」とか「仕事が本当に面白くなるには五年かかる、あと一年辛抱してみろ」といいおうとおもったがいえなかった。

実際に毎晩帰りが十時十一時だった。そればかりか残業代もろくについていなかったようだ。

いまは派遣で長距離トラックに乗っている。この時間どこかの高速道路を、このように猛スピードでぶっ飛ばしているのだろう。転職したとき、ひろ子が次男をむりやり西新井大師に連れて行き、交通安全の祈祷をしてもらった。あのときのお守り札をいまでも運転席の前にぶらさげているのだろうか。

まちがいなくいまこの国は、若者にかぎらず年寄りにだって生きづらい世の中になってきた。金持ちが幅をきかせ、貧しい人とか優しい人、誠実な人が生きづらい世の中になってきた。若者がネットカフエに寝泊りし、失業者とホームレスが急増した。人間の心も荒んできすぎすしている。

こんな世の中でいいわけがない。

経済活動のルールを取払った過酷な競争社会。失業率が五・七％。大企業が競って人減らししているのでもっと増えるだろう。これがアメリカに次ぐ経済大国日本の現実。

こんな国でいいはずがない。

自分たちで変えなければ社会は変わらない。だとしたら子や孫に暮らしやすい人間らしい世の中をつくって残してやるのも、結果的にこういう国になるのを、意気地なくも我が

ことだけにかまけて許してきた多くおれたち世代の責任ではないのか
おれの人生何だったのか。

「最大多数の人間を幸福にするのがもっとも幸福な人間である」このあいだマルクスを読んでいたらそんなことばがあった。

カレーと煮物の混ざったような、むっとする匂いが鼻をつく。二十四時間営業の「松屋」の煌々と明るい店内で、男たちが四五人背中をまるめてひたすら朝飯をかきこんでいた。駐車場に停めてあるトラックのドライバーなのだろう。また次男のことがおもわれた。

カウンターのなかでは、白い帽子の中年の女がひとり、忙しく立ち働いている。夜通しだったのだろうか。いまは労働基準法があってないようなものだから、あるいはそうなのかもしれない。ひとりだとしたら、店に客が入っていないときなどおそらく身の危険を感じながら、夜中働いていたのだろう。体をはって働いている次男と、これから「赤旗」を届けるヘルパーのYさんに重ねて、白い帽子の女の負っている生活の重さというものが暗澹とおもわれた。

店内からこぼれる光に、「トマトカレー、味噌汁漬物付三二〇円」と染め抜いたピンクの幟が数本、走り去る車に煽られはためいている。そこから少し行くと、S警察署のテロップが流れていた。

〈S市でも振り込め詐欺が多発しています〉

発光ダイオードの緑色の文字が、朝まだきの暗い空間を上から下に流れている。がむしゃらに働いて定年退職してみたら、こんな国になっていた。ウラシマタローだ。二十歳やそこらの餓鬼が、年寄りのなけなしの老いさきの資金を、巻き上げるなんて。紫朗の町内でも、一人暮らしの老女が息子を騙った電話の声に、あわてて六五〇万円振り込んでしまった、という事件がさいきん新聞の地域版の隅に出ていた。

まさに弱肉強食。

この国は病んでいる。

紫朗は怒りとも情けなさともいえない複雑なおもいで、流れる緑色のテロップを追いながら、手前の路地を右にカーブを切って見上げると、黒々とした大きな欅より高い市営住宅第三号棟六階の左端から二番目の窓に、灯りがついていた。Yさんはもう起きている。

しかしそれにしても、と紫朗はおもう。

この市営住宅三棟二百七十世帯のなかで、「赤旗」日刊紙の読者はYさん一軒だけ。いかにも少ない。いったい党は何をしているのだろう。

「聖教新聞」はかなり入っている。新聞名を見せてポストに半分だけ出して入れているのがわざとらしく忌々しい。三十代半ばと思われる元気のいいコケットな感じの女性が、いつも紫朗と同じ時間帯に配達している。一階のエレベーターでよく一緒になる。

お早うございまーす、ごくろうさまでーす。大きな声で乗り込んでくる。紫朗も負けじと、民謡で鍛えた声で返す。早朝配達の苦労を共有しているという奇妙な連帯感（?）と、反発の入り混じった複雑な感情にとらえられながら。

小脇に十部ほどを抱えている。圧倒されるおもいで明るく狭い空間で向き合う。勢いの違いに忸怩たるものもなくはない。なくはないが光の下のある種影を帯びた目に、せめて「赤旗」の名が見えるようにさりげなく向けて持つ。

反発だけでなく、こういう人たちにこそ、と紫朗は切実におもう。

信仰では社会も政治も決してよくならないこと、宗教はときには圧迫されてきた歴史を持つ一方で、権力の支配に都合いいように利用されてもきた、ということもこの人たちに語らなければならないのだけれども。おもいようによっては、隠れキリシタン部落のあった故郷の島の、ルルドのマリアのようにも見える顔を盗み見やった。

若いころ会社の総務課にこの宗教を信仰しているひとつ上の女性がいて、しばらく付き合っていたが、いくら話し合っても考え方や価値観が相容れず、結局別れてしまった青春を、苦い哀しみの感情の内におもいだす。いま目の前にいる女にどこか似ていた。

エレベーターがガタガタ揺れながらゆっくり上昇する。築年数が相当古い建物なのだろう。ガタンと大きく揺れて停まった。

すいませーん。

弾ける声と同時に扉が開く。まだ二階。女が頭を下げて出て行く。ほっとする。ほっとすると、今日のトップニュースが知りたくなった。読者よりも早くその日のニュースを知ることができるのが、新聞配達人のせめてもの役得なのだ。二つ折りのまま、一面の白抜きの大見出しに目をやって紫朗は、おや？　と、もういちど目を見張る。

〝米証券大手リーマン破たん〟

ええっ、とおもわず小さく声を上げ小見出しを追う。

〝金融不安が加速、世界同時株安の様相〟

資本主義の牙城アメリカ最大手の証券会社の破綻。読者のYさんに悪いとおもったが、広げたのを気づかれないように、二面をそっとめくる。

経済学者やテレビで見かける評論家たちが、アメリカに追随して新自由主義の構造改革路線を突っ走っているこの国の先行きを案じている。

世帯を持ったふたりの息子たちの、これからが案じられた。

6

次男に先立って結婚し家を出た（だからいまはひろ子と二人だけの暮らしだった）長男は、大手自動車メーカーの系列会社で設計をやっているが、派遣社員である。二年毎の契約らしい。仕事が暇になればまっ先に解雇される不安定な身分なのだ。親として気が気ではない。大学まで出したのに。

親というのは子どものことで死ぬまで心配のタネがつきないのねえ。次男が失業したとき、ひろ子がしみじみいった。自分でテレサ・テン（「時の流れに身をまかせ」がヒットし紫朗もカラオケでよく唄った。そのタイトルにある種抵抗を感じながら）に似ているというまるい顔の額に皺を刻んで嘆息した。

紫朗さんのO社のつてでどこかちゃんとした正社員の仕事ないかしら？　胃潰瘍になるほど働いて会社に尽くしてきたのだからそれぐらいのこととしてもらってもいいはずよ。

小さな鉄工所の設計課長どまりの、付き合い下手の男に、息子を押し込める人脈があるわけではなかった。

定年が近づき、会社での己の先が見えたとき紫朗は、自分が所詮しいたげられた人々、弱者の側に与しなければならない人間であることを心底悟った。

息子たちがおかれている不安定雇用も、もとをただせば先年の労働者派遣法の改悪で製造現場にまで、派遣労働の自由化が認められるようになったからだ。本来労働者は法律によって保護されなければ、タオルを絞るように搾取される弱い立場なのに。

そういうことを長男にいっても、政治には信じがたいほど無関心を示す。自分のおかれている境遇の理不尽に、問いを発しない。そんなわが子の、若いのに頬にしみの増えてきた顔を見ていると、食べて生きるのに精一杯で政治を考える心と時間のゆとりもなく、第一組合も抜けて働いてきた親の子なのだなあ、と自分に重ねて虚しくなってくる。

時代と政治を知らないということは、自分が順調なあいだはいいがひとたび失業など人生の挫折に遭遇したとき、その敗北感から責任を自己に帰して、結果的に自らを追い込んでいくことにもなりかねない。それが心配だったので、「赤旗」日曜版をすすめて読ませていたが、いつのまにかやめてしまったようだ。

7

濃紺のスーツの若い市会議員が、二ヶ月前の選挙のときとはうってかわって、緊張した面持ちでかしこまっていた。

かしこまりながらもときどき冗談を飛ばして場の空気を和ませようとするのが、紫朗にも分かった。

「まあ、半年の試用期間といったところでしょうかね、西堂さん、ハハハ」

沈黙がちの重たい雰囲気を和ませようとしている若者に応えて、紫朗がぎこちなく笑って見せた。

「試用期間？　ハッハッハッ、おもしろいことをおっしゃる、左近さんは。ハッハッハッ」

長い顔をくしゃくしゃにして、市会議員が明るく笑った。

「自分を試し試されるのですから」

紫朗がこんどはきびしい顔でいった。

「慎重ですねえ、ぼくはこの党しかないとおもったからすぐ。ま、軽いのでしょうねえ、ぼくは」

「いやいやそんなことはないですよ、あなたは」

相手にまっすぐな視線を向けて紫朗がいった。

顔が長いからだろう、誰からともなく「ウマさん」とよばれ親しまれている。この四月の選挙では最下位同数二人であったため、くじ引きで運よく当選となり、街の話題にもなったのだった。

しかしその前からこの若者は、「有名人」だった。「マクドナルド」でアルバイトをしていたときのことだ。

有給休暇を申し出たら店長から「明日から来なくてもいい」といとも簡単に解雇をいいわたされたのだという。頭にきたので、物ではないのだから人間なのだから、と若い同僚たちに呼びかけて「首都圏青年ユニオン」に加盟してたたかって、解雇撤回を勝ち取り、有給休暇もついに認めさせた。

それが「赤旗」日曜版をはじめいくつかの週刊誌にも、「アルバイトが有給休暇！」と、センセーショナルに報道されたのが一年前のことだった。

そのたたかいのなかで党に入ったのだと先の選挙戦の演説会で、西堂が屈託なく話していた。全国版の「有名人」は、いつもにこにこした細面の痩身が、一見まだどこか頼りなげな印象も与えるが、そこらのやわな青年とは少しちがう。芯がある。骨がある。紫朗の胸中には、一種羨望に似たおもいも、この二十六歳の若者に対してはある。

「綱領を実現する事業を、いちばん土台で支えているその仕事を」

と紫朗が、認識の蛇口を全開にしていったときだった。得たりといわんばかりに大きな目を見開いた坂本が、

「そう、仕事なのだわ、これは」

と、ふたたび明るさを回復していった。

「地味で目だたないけれども大切な……そうですよ、人がまだ眠っている暗いうちから起きて活動するのですから、いくらにもならない配達料でねえ」

ふくむところがあるらしく語尾をひきのばし、きらきらする声でつづけた。たかぶる感情を抑制しているのがそのつよい眼差しで分かる。

仕事という位置づけが新鮮に響いた。単なる手伝いとか協力とかではない。社会的に重い責任も伴う意義のある仕事。

「なるほどこの国が綱領に書いてあるような社会になったらそれは素晴らしいと思いますよ。しかしわたくしにはなんていうのか、現実感がもうひとつぴんとこないのですけれども。踏み出せない理由のひとつにはそのこともあるのです。だからいろんな本も読んでみました。〝理想が合理的であるならば現実に限りなく近づく、そこに運動が加わるならば〟というあの法則。

そこで考えました。それならば自分が歴史の進歩にコミットして生きるか生きないか、その意思決定にあたっては理論だけではなく、実践によって理論が正しいかどうか自ら検証して見なければと」

「左近さんて、ずいぶんものごとをむずかしく考えるのですねえ、ぼくなんか世の中よくしたいって。だからやむなくというか、必然的に入ったようなものですから」

市会議員が、紫朗の頭のなかを推し量る目つきをしていった。

「そうよ、さいきんはみなさん案外気軽に入ってきますよ、入って活動しながら成長すればいいわけですから。だけど一方では、左近さんみたいにとことん考えて自分の肌で感じて納得した上で、というのもいいかもね、大事なことだわ」

坂本のアルトが、唄うように聴こえてきた。聴きながら紫朗は、兵衛のことをおもい出していた。

8

兵衛は、長年共産党の町会議員をしていた。造船所と炭鉱のある長崎港外の小さな島は、兵衛たち共産党が与党の民主町政が長くつづいていた。三軒に一軒が「赤旗」の読者だった

それはそうだろう、と紫朗はおもう。炭鉱とB級戦犯の社長が経営する大きな造船所から応分の税金をとり、全国にさきがけて老人と子どもの医療費と義務教育の教科書を無料

にしたのだから。そのうらには、兵衛たちの文字どおり命がけの活動があったのだったが。じっさい兵衛は、ある夜暴漢に襲われ、跣《はだし》で息せき切って逃げ帰って来たことがある。

他人がこまっていればほおっておけない父親だった。しかし息子は、担任の教師のところに明日の米を借りに行く母親を夏みかんの木蔭から見かけ、心ひそかに父親への反発の芽も育てていた。担任の教師はノッポという綽名だった。

9

あと三軒。次は若宮木工だった。

あたりがしらしらと明けはじめた。埼玉土建組合の掲示板横に「私たちはモノじゃない、人間らしく働ける職場を」と書いた共産党のポスターが貼ってある。今朝も、すでに仕事着の若宮会長が庭に出て待っていた。市会議員選挙のとき、坂本と選挙募金をお願いに行ったら三万円もカンパしてくれた人だ。小柄だがその風貌にある種気骨が感じられる。

もう八十になった、とこのあいだいっていた。耳が遠いので話すのに疲れる。ベニヤ板工場を息子に継がせ、いまはほとんど隠居の身分らしい。

「お早うございまあす」

新聞を手渡しながら大きな声で挨拶する。

「ああ、コーヒー、飲むか」

そういうと少し曲がった腰を伸ばし道路脇の自販機までゆっくり歩いて行くと、缶コーヒーを二本抱えてきた。恐縮していただいた。

最初から硬貨を用意して待っていてくれたのだろうか。そうおもうと胸が熱くなった。

「朝早くからご苦労さん……、どうだ、Kさんは元気にしているか、えらいなあ、あの老ボリシェビキは、しかしあんたが代わってくれてよかったよ、おれより三つも上なんだからなあ、いつもはらはらしてたんだ、交通事故にあわなければいいがとか、脳溢血でぶったおれなければいいがとかね、彼とはずっと昔からの付き合いなんだ……、しかし共産党の人たちってみんなたいしたもんだよ、根性がちがう、よく勉強してる。ところで国会はいつ解散するのかねえ、麻生はだめだな、あいつは、吉田茂の孫だろう、庶民の苦労なんかなにも分かっちゃいないよ。漢字も読めねえでひょっとこみたいに口ゆがめて、ミゾーユーなんていってるんだから。こんどはおたくのところは伸びるだろう、こんなひどい世の中になってきたんだから伸びなきゃ嘘だ、伸びて政権取ってもらわなくてはな、わしの目の黒いうちにだぞ、頼むよ……なんていったけ、あんたは」

「左近です」

「ああっ？」

「さあ、こおん」

ボリシェビキということばがでてくるところは、相当古くからの党支持者なのだろう。黙って聞いていると、とどまるところをしらない。ありがとうございまーす、がんばりまーす。そういってそこそこに若宮木工を辞した。コーヒーの温みがじーんと胸のうちに広がった。

悪政がいきづまり、内閣支持率は、二十％台前半にまで下がっていた。政局は〝来月にも解散、総選挙が不可避〟といわれている。国会が解散になれば、また忙しくなる。

紫朗が入っている地域の党後援会でもこのあいだの集会で、全有権者との対話と、得票目標（二千五百）をこえる支持拡大を、と意思統一をはかったところだった。Yさんや若宮会長の期待に応えなければならない、息子や孫たちが安心して暮らせる社会をつくらなければならない。紫朗はペダルをまた力いっぱい踏み込み次に向った。

そうですね、この枇杷が花を咲かせるころまでに。あの晴れた日の左近紫朗の声が、あるかなしの夜明けの風を切る音に乗って聴こえてくる。気持ちが弾んだ。するとまたあのパフォーマンスを演じてみたくなったが、今朝は自重した。三日前、失敗したばかりなのだから。

右脛にはまだ包帯がとれず、打撲と擦り傷の痛みが残っている。だがあの朝突然、実に子どもどもじみた遊び心に駆られたのはなんだったのだろう。

あの日なぜか高揚感に煽られながら、植木屋の青いトタン塀のつづく曲がり角にさしかかったときだった。決然と挑戦してみたくなったのだ。そこは高い塀のなかからはみ出した欅（樹齢三百年の市指定の保存樹）のうっそうとした枝が街灯の光を遮り、あたりを暗くしているのでこの遊戯には都合がよかった。街灯の仄白い光と闇のあわいのカーブミラーに、車のライトが入っていないのを確認するとハンドルから潔く両手を離した。

強いて練習をしたわけではないが、いつのまにかこの妙技が出来るようになった。もともと運動神経はあったのかもしれない。

小学生のころ体育のある日は朝から憂鬱だった。仮病を使って見学していたのは、いつも朝鮮人の張と二人だった。体操着を買ってもらえなかったからだ。

町会議員の歳費と三反歩足らずの段々畑では、親子八人食べるのさえおぼつかない有様だった。それでも父親は僅かな議員歳費なのに「赤旗」を二部とか『前衛』やその他いろんな新聞雑誌を購読したり、自分のばかりか県会議員でも国会議員でも選挙があると家が事務所になって、そのためかなり出費も嵩んだようだ。

体操着のない生徒の心の内を若いノッポ先生は見抜いていた。「そうか、今日も腹の痛かとか」とだけいって見学を許してくれた。許してくれたが、揃いの紺色の体操着の級友がサッカーボールを追って走り回るのを、グランドの隅で眺めている四十五分は長かった。ノッポは生徒たちから慕われていた。丈の合わなくなった学生服の黒い詰襟をいつも着ていた。背広が買えんとだろう、と母親がいった。

（大きくなったら、家が貧しい生徒に優しい教師になろう）紫朗はひそかにおもった。

その後、紫朗が東京に出てずいぶん経ってから兵衛が、ノッポが共産党の町会議員に当選したと、電話で知らせてきた。「やはり」とおもった。

「これで後継者が出来たばい」受話器の向こうに、島に戻らない長男息子への皮肉を滑り込ませた（そのように聴こえた）声が弾んでいたが、ノッポも兵衛と同じように貧乏するのだろうか、と嬉しい半面複雑なおもいもあった。

貧しさに塗りこめられた遠い記憶の風景に重なる感情は、親が情熱を傾けた組織に対し一定の距離をおく生き方を息子に選択させたのだった。

両手をハンドルから離すと、あとは左右のペダルの微妙なバランス操作だけで、前輪をいくぶん傾けたまま暗いカーブを大きく曲がる。曲がりながら、この時間あろうはずのない人の目を、少年のように高揚した心持ちで暗がりに意識したのはなぜだろう。「赤旗」を配達していることからくる矜持？　老いへのささやかな抵抗？　どちらにせよ、いっときこたえられない爽快な気分にしてくれる。

曲がりきると、正面青いトタン塀に貼ってある党ポスターの「後期高齢者医療制度は廃止を」の文字と総選挙予定候補の顔が、街灯のあわい明るみに映えて突然大きく迫ってきた。そればかりに注意が集中したからだろう、足のペダル操作がわずかに狂って前輪が縁石に接触しそうになったので、両手を素早くハンドルに戻したときは遅かった。ガシャン、という音とともに目のなかで光の粒々が飛び散った。

自転車が倒れかかり新聞を入れた青い手提げ袋が前かごから飛び出しそうになった。で、それを抑えようとして前に上体を伸ばしたのがいけなかった。そのまま縁石の上に自転車もろとも見事に倒れこんだのだった。

飛び出した新聞が、パンドラの箱をあけたように鋪道に散らばった。厚手の布の青い袋（母手製の）は、生前兵衛がやはり「赤旗」を配達するときにいつも使っていた。それを一周忌で帰省したときに母が形見にと、くれたのだった。その心持ちが、いまになって分かるような気がする。

散らばったうちの二部が、小さな水溜りに隅の方が浸かってしまった。一部は自分のだからかまわないが、一軒の読者には濡れて泥がついたのを（泥を手で拭ったらそれがよけいに広がった）入れなければならないのだ。しかたない。こうなったら、ふだん道で会ったときなど夫婦とも親しく口をきいてくれるTさんのところに入れることにした。紫朗と同年配の、子どものいない人のよい夫婦だった。奥さんがNTT労組の活動家だったらしく、その関係で何十年来の読者なのだと、引継ぎのときKさんから聞いた。

配り終え帰宅してから、もう起きたであろう時刻を見計らって電話を入れた。奥さんが出た。

「それはそれはたいへんでしたわねえ、いいえ、かまいませんよ、それよりお怪我はなかったですか、交通事故にだけは、くれぐれも気をつけてくださいませね」

電話の向こうに、心からの労わりがあった。

「だんぜんおかしいわよ、ばかみたい。相手が車だったらいまごろ生きていないわよ」

血の滲んだ夫の脛に包帯を巻きながら、ひろ子がいらいらした調子でごちた。両手を離して、と紫朗は正直に話した。

「だいたい紫朗さんには、ときどき思考と行動がばらばらになることがあるわよ、子どもっぽいというか……まったく理解出来ないことをすることがある。もうそのひとり芝居、ぜったいやらないでね」

あきれたといわんばかりにいうと、眉間に皺を刻んだ顔を上げた。

上げた顔は、テレサ・テンに似ていなかった。

「ええっ？　芝居？」

「そう、下手な大衆演劇の」

（芝居を演じて生きてきたのだ）とおもった。

ひろ子がついでになにかひとことといっておきたそうな顔を、反応をうかがうようにちらっと夫に向けてつづけた。

「もう六十五なんですからね……配達途上で怪我して治療代払ってくれるの？　党が……」

「出る」

声が尖った。

「だけどこれは、おれが勝手にやったことだから」

「兵衛さんもその青い袋で『赤旗』配ってて、石段で転んで怪我してるのね。怪我まで同じ。お母さんに聞いたわよ。夫が共産党だと苦労するって」

前の日、ひろ子の六十八の誕生祝いの夕食で、五万円の総選挙カンパをしよう、と話し合ったばかりだった。

「党は政党助成金ももらわないのだよ、そこが潔いじゃない。この金まみれの世の中で、ま、来月の旅行（定年後は月に一度夫婦で温泉旅行を決めていた）は止めてその分」

「紫朗さんも、兵衛さんの子だわねえ」

しかし、ばかな怪我がよくなかった。

ひろ子の気持ちを逆撫でたようだ。

〝枇杷の花の咲くころ〟に向かっていた意識に、水をさされたような気がして、怪我したその日紫朗は一日気持ちが沈んで揺れた。いま夫が入党のことで頭をいっぱいにしていることを、ひろ子は察知していたにちがいない。察知していたから「治療代払ってくれるの？」と皮肉をまぶして牽制したのだろう。

入ったらおそらくつれあいの理解がなかったら党活動はつづけられないだろう、そのおもいはいまは亡き両親につながっていく。

10

夫婦げんかのあと母はよく「甲斐性なし、外ヅラばっかり」と夫への怒りを長男にぶつけた。そして息子の心情はいつも母の側にあった。

腕のいい旋盤工の兵衛が、三菱長崎造船所を追われたのは、一九五〇年GHQによるレッドパージのときだった。兵衛は労組役員だった。新憲法が出来、民主化の光明が見えていた矢さきだった。

そうして朝鮮戦争がやってきた。

「アカ」のレッテルを貼られた男にその後まともな職はなかった。段々畑に芋をつくり豚を飼い、八人家族が飢えをしのいだ。

「ニコヨン」と級友に揶揄された失業対策の工事現場で見かけた兵衛が、しかしなぜか眩しかった。島でいちばん高い山に高射砲の陣地跡があった。学校の帰りだった。父親は息子だと分かると、声をかけたそうに白い歯を見せたが、級友と一緒だったからだろうか、すぐまた俯いてロープを引きつづけた。

そのときすでに兵衛は「ニコヨン」の労働組合をつくり執行委員長になっていた。遠い日、紺碧に広がる五島灘を背にロープを引く父の像が、紫朗の瞼の裏にいまも鮮明に焼きついている。錆付いた長い砲身を先頭でロープを引いて赤く腫れた肩に、母が軟膏を塗っていた。

紫朗の知っている兵衛は、およそ暇というもののない人だった。

忙しすぎて手がまわらなかったのだろう、畑にはいつも雑草が猛々しく伸びていた。仲人やら夫婦喧嘩の仲裁やら、夏になるとペーロン競争の一番櫂（舟のいちばん前に乗って長い櫂を漕ぐ）、秋には八幡神社の相撲大会の行司もやった。金がないため医者にかかれない病人を医者に連れて行き、生活保護の申請に役場に同道する。役人が何やかやいってとらせまいとすると、「貴様らあ、町民の公僕だろうがあ」とガラス窓を震わせるような塩辛声で机をたたいたのが、島の人々の語り草になった。

夜にはいろんな人が集まっておそくまで会議があった。襖越しに革命とか民主主義とかカンカン帽（島の造船所の社長をそう呼んだ）ということばが、切れ切れにもれてきた。人間は誰でん、生きる権利があるとぞ。兵衛の声がひときわ大きく聴こえてきた。蒲団のなかの小学生に、その深い意味は理解出来なかった。体操着が買えんとは父ちゃんに甲斐性がなかけんさ、といった母のことばと「生きる権利」がつながらなかった。

雨ニモマケズ／風ニモマケズ

丈夫ナカラダヲモチ／欲ハナク

アラユルコトヲ／ジブンヲカン
ジョウニ入レズ

北ニケンカヤソショウガアレバ
ツマラナイカラヤメロトイイ

国語の朗読のときだった。ノッポが、腹にサナダムシを宿らせいつも青い顔の生徒を立たせて読ませた。紫朗は、高射砲のロープを引く父をおもい出して大きな声で読んだ。

11

入党は断られても、配達は受けてくれると想定していたのだろうか。そんなふうに見られていたのだろうか。

よかったわねえ、西堂さん、これでKさんも、というと坂本がそそくさと駱駝色の鞄から配達順路地図と読者名簿を取り出し、紫朗の前に広げた。

ひととおり説明し終わると、正面の壁の鳩時計を見上げ、

「あら、もうこんな時間だわ、そろそろひろ子さんも病院からお帰りでしょうから、おいとましなくては」

と市会議員に目配せした。それから立ち上がりざま時計の脇のレプリカの絵に目をとめてつづけた。

「分かるなあ、なんとなく。左近さんがムンクが好きな気持ち」

背後から襲いかかるような真っ赤な夕陽を背にして立つ女が、なにか叫んでいるらしい絵を見ていった。

「女が叫んでいるのに、後の方の男たち無関心なのよね。振り向きもしない」

紫朗は、自分も同じ解釈なのだと、いおうとおもったがいわなかった。いわずに坂本のくぼんだ目に真顔を向けた。疲れがたまっているのだろう。

「どうです？　西堂さんは、この絵」

坂本が市会議員に話をふった。

「ぼくには、分かりまっしぇん。芸術は」

西堂が一瞬困ったような顔を紫朗に向け、それからアメリカ人がするように、両手を広げ首をすくめた。そのパフォーマンスに坂本が「また」と小さく笑ってその背中をバンとたたいた。紫朗はなにかそこに、議員と党支部長の厚い信頼関係と、成長する若者を見守っている先輩の慈しみを垣間見たような気がした。ぼんやりした羨望のようなものをふたりに感じた。

（分かりまっしぇん、ではなく芸術も分かってもらわなければ困るのです、共産党の議員さんが超多忙なのは分かるが、人間を大切にする党ならば）といいたかったが、余計なことはいわないことにした。もちろん、この若者特有のユーモアでいったのであろうけれども。

「さあ、四時までに帰らなくちゃ。うちのやどろくがうるさいの。いい歳してどこほっつき歩いてるのかっていうのよ。自分こそいい歳してねえ。体がおもうように動かせない分、口が達者になるのね」

西堂のあとにつづいて玄関に向かいながら、坂本が呟くようにいった。

その日ひろ子は、S市立病院に膠原病の診察に行っていた。半月にいちど通院している。

「いや、女房が居たって別にかまいません。内緒にしてやれることではないですから、これは。むしろ、もしわたくしが、この枇杷の花が咲くころに答えが出て……仮にですよ」

と、紫朗が慎重さをまとってつづけた。

「入ったとしたら、おりを見てひろ子にも同じ道を……」

「わあ、ますますすごい」

坂本が肩をすくめて、紫朗に一瞥を投げた。

「さすが左近さんですねえ、そういうのを夫唱婦随っていうのですか」

西堂がニヤリとふりむいて、冷やかしているのか感心しているのか分からないようないいかたをした。

「それでは次の土曜日、Kさんと一緒に配っていただいていいですか、お願いします」

坂本が門扉の向こうから、丁重に腰をおっていった。

12

最後の一部をNハイツに入れるために、青い袋のなかから一部引き抜いたとき、紫朗は思わず「あっ」と声をあげた。体のなかを血が逆流した。残りは自分の一部だけであるはずなのに袋にはまだ二部残っているのだ。ということは、どこか一軒飛ばして来たのはまちがいない。

さて、どこか？

頭のなかで坂本ポストから何度も順路を辿って郵便受けの形、犬が吠えた家、そして路地の一本一本記憶を辿り、入れたおぼえのないところを追ったがおもいあたらない。今朝も慎重に二回数えて、四十三部確認してから出発して来たのだから余るはずがないのに。

さて、どうするか?

今朝はなぜかいろいろなことを考えすぎたようだ。配達だけに集中すべきだった。出発点からもういちど、郵便受けのなかを確認する手もあるが、完全に落とし込んだところは、門扉を開けて庭に入らなければならない。門扉をまだ開けていない家もあるだろう。そんなことをしていたらこれからまた二時間以上おそらく三時間はかかる。

仕方ない、いったん家に帰るしかない。

飛ばされた読者から電話があるだろうから、それまで待機するしかあるまい。「赤旗」の読者といってもいろいろな人がいる。なんといわれるか。そしてなんといいわけするか。なかには「坂本さんに世話になったから」と、義理で仕方なくとっているところもあるだろうから、そういうところは「購読中止」の格好の理由にされるかもしれない。

ドジだった。

しかしなんだっておれはこの歳になってこんな苦労をしているのだろうか。やらなければやらないですむものを。

ま、いいか。

たまにはこういう失敗もあるということ。いちいち気にするのだったら、最初からなにもしないのがいちばん楽でいいわけだ。自分の好きな楽しいことだけして、小さな庭を花いっぱいにして、そしてたまにひろ子と孫のところに遊びに行って、そういう静かな余生をおくることだってできるのだけれども。

子や孫の時代まで心配したってしようがないのだからと。

しかしさいきん、「余生＝余りの生」ということばの余韻が、抵抗感というかある種肯んじ得ない残響を伴って聴こえてくるのはなぜだろう。とくに朝の目覚めに聴こえるのはなぜだろう。その観念が、「ゆっくりと死の方に近づいていく残りの時間」という暗い音律で、晩秋の荒野をふきわたる風に似て聴こえてくるのだ。

「生きている」と「生きて在る」とはちがう。「生きる」とはいかに「人間の良心をもって」生きているかということではないのか。良心とはなにか。

こんなひどい社会を拱手傍観、なにも行動しないとしたら、その現実を肯定し手を貸しているのとかわりないのではないか。人さまざまの生き方は認めるにしても。

苦労とおもったらやれないわ。坂本の勝気そうななかにもどこか優雅さをもった声が、兵衛の塩辛声に和して耳朶にまとわりつく。しかしどこを飛ばしたのだろう。

気をとりなおすと、紫朗はふたたび自転車にまたがった。腰を上げペダルを力いっぱい踏みおろすと、朝の風が二重奏曲を奏でてついて来た。

いまこの時刻、こうして（配達ミスをしたり、自転車がパンクしたり、交通事故にあったりしながらも）日本全国で、「赤旗」が一部一部配られているんだなあ、とそんなことを考えながら家路へハンドルを向けた。

風の二重奏曲を聴きながら、ひろ子はもう起きただろうか、とふとおもった。今朝は血圧は上がっていないだろうか。腰の術後の痛みはどうだろうか。これからのふたりだけの老後がおもわれた。

ペダルを漕ぐ目のさきに、空がしらしら明けはじめていた。

生きる

1

オレンジ色をはらんだネズミ色の雲が切れ、駅前の白亜のタワーマンションが輝かしい光を浴びる。上層階のガラス窓に反射した光の束が屈折して、一瞬強烈に私の眼を射る。思わず眼を閉じた。梅雨の晴れ間の七月の朝。

「ゲンパツをゼロにしましょう。再稼動させるなー」

「消費税増税ハンターイ」

「日本共産党をよろしくお願いしまーす」

〝原発は人類を滅ぼす〟

と墨書した横断幕を掲げた四人の女性たちのシュプレヒコールが、通勤通学の人々の行き交う駅前の喧騒を圧倒していた。そろいのTシャツのレモンカラーがひときわ映える。

四人はそれぞれ四十代から五十代の主婦だった。朝のいちばん忙しい時間帯に参加してくれているのだ。今回の参議院選挙にかける地域の党と後援会の意気込みが感じられた。

駅にむかう人々の流れからはずれて小さな女がひとり、私に近づいてきた。私は法定二号ビラを配っていた。この選挙の政策ビラだ。女のちょこまかした歩き方がつかのま、私の眼には少女のように錯覚された。両手をぶらぶらさせた踊るような格好が、さらにこの場にそぐわない異質な感じで私の注意を引いた。しかし三メートルほどの距離まで近づいたとき、子どもではないことがわかった。

おそろしく真剣なこわばった顔の強い視線。一見うすよごれた粗末な服装も、足早に駅に向かう人々の流れにそぐわない異質な印象を私に与えた。

私は直感した。投票日が近づくにつれ政党間の戦いがはげしくなってくるとよく現われる、いわゆる妨害者の類だと条件反射した。私のなかを一瞬緊張が走った。そして身がまえた。

(民主主義社会の正当な選挙活動に対するルール違反者)

厭わしい感情を身内に泡立たせながら、そう思った。

難クセをつけるのだろう。経験からそんな予感がした。(なんといってかわしてやろうか)頭のなかに反撃のことばを用意した。

駅頭や街角で選挙演説とかビラを播いたりしていると、いいがかりをつけ、からんでくる輩がいる。これまでなんども遭遇しているのでそんなに驚きはしなかった。それはたいがい極端な反共右翼とか、酔っ払いであったりした。正当な理屈があるわけではない。宣伝活動を妨害することだけが目的なのだ。

女が眼の前にきた。下腹に力をため、ふたたび身がまえた。五十代半ばだろうか。

おそらく、うるさいとか、通行の邪魔だとか、警察の許可を得ているのかとか、はては北朝鮮からカネをもらってやっているのだろうとか、そんなレベルの嫌がらせなのだろう。

去年の師走の衆議院選挙でも同じような経験をした。やはりこの場所だった。朝、同じように地域の党や後援会の人たちと駅頭宣伝をしていたときだ。駅に向かって流れる人ごみからはずれて、七十過ぎぐらいの大柄な男がひとりふらふらっと出てきた。肩を怒らせ私を睨みつけながら向かって来たのだ。メタボの腹のかなり窮屈そうなGパンの、社会の窓が開いているのを見て見ぬふりをしたとき、男が私の前に立ちふさがった。それから興奮した口調でからんできた。酒の臭いがした。

「お前らは中国からカネもろとんのやろ、そやから政党助成金もらわんかて、他の党よりも収入がいちばん多いのんちゃうか」

大阪弁が意外だった。陽にやけた顔が荒んだ感じがした。

「何いうてんねん、おっちゃん……それはちがうでえ、それはやなあ、こういうこっちゃ、よう聞きやあ」

私も関西弁の軽いジャブで応じた。若い頃大阪で二十年ほど暮らしていたので、関西弁の懐かしさについ調子に乗って大阪弁でかえした。

「共産党の収入はやなあ、『赤旗』新聞の購読料とかの事業収入と、個人の寄付とかで……」

酔っぱらいであろうと、いまは通行人を相手の支持拡大の宣伝中なのだから一応ていねいに説得にかかった。腹の中では（朝から酒なんか喰らいやがって、そやからメタボになるんやないか、このドアホ）と一発どやしてやりたかったがガマンした。それより男のからみ文句があまりにもソラゴトでアホラシクて、思わず笑いがこぼれてしまった。笑いをおさえるのに苦労した。

男は私の話を遮ると大声で
「うるせーっ、バカヤロー、バカヤロー。そんなことはわかっとる」

と私から目をそらし逃げるように去って行った。

文句をつけるのはたいがい男だが、中には女でもそういうのがいる。いま尻を突き出し、踊るような格好で私に向かって来る女も、たぶん妨害者にちがいない。足がわるいのか歩くと体が揺れるのでふとアヒルが連想された。

（誰かに吹き込まれた反共のソラゴトを真に受けているのだろう、もうちょっとモノゴトをまじめに自分の頭で考えろよな。オマエらだって、大金持ちの利権ばかり追求している自民党の悪政で、格差社会のなかでひどいめにあってるギセイシャだろうが。政府の安全神話を真に受けて認めてしまったゲンパツの水素爆発で、放射能の汚染水に怯えているギセイシャじゃないか。頭は生きているうちに使え）

それぐらいはいってやりたかったが、通行人の手前もあるし、それより感情が先に立つ奴らに理屈をいってもなかなか通用しないだろう。権力にたてつく少数派だから、あるいは自分と異なる意見や価値観をもっているから、「君が代」を歌わないから、というこれらの理由だけで彼らにしてみれば、充分むかっ腹がたつのらしい。自分たちの背後の強大な政権の後盾を感じながら。

いまはこの場ではまともに相手にしないほうがいいと思った。正当な選挙活動のルール違反の相手との、口論の徒労を思うと腹もたつが、冷静に対応しようと思った。

相手にしないか適当にかわしていると、あの酔っ払いのようにそのうち捨て台詞を吐いて引き上げていくだろう。

何年か前いちどこんなこともあった。ひと目で右翼か暴力団と思われるスキンヘッドの目の鋭い若造が、いきなり大声でいいがかりをつけてきたのだ。それでも腹の怒りの虫をおさえてばかていねいに理屈で応じていたら、そのうちいきなり胸ぐらをつかまれた。そのときは近くでビラを配っていた仲間が、即座に駆け寄って中に入ったので事なきを得たのだったが。

女が私の目の前にまだいる。

うすい眉をしかめて大きく見開かれた目には、いいがかりというより、なにかもの問いたげな真剣さが宿っていることに私は気づいた。こちらの心の底まで射抜くような暗い目。しかしよく見るとうつろで悲しい色を帯びていた。その目は、相手が自分の心のなかを覗こうとしているのを読んでいる目だった。この女にいつかどこかで会っているような気もした。

流行遅れの膝下まである空色のキュロットスカートと、灰色っぽいシャツウエストが、よれよれでうす汚れているのが（女なのに）と私の心をしめつけた。女は私の小さな表情をも見逃さないようにしながら私を見つめている。

女の生活を思った。心の内を思った。そして妨害者ではないことが直感された。悲しみに似た感情が、私の体の深いところから染め上ってきた。なぜだろう、このとき色あせたスカートの色彩が私に与えたイメージが、ある一枚の絵の記憶の回路につながった。澄みきってはいるのだが決して明るくはない今朝の空の色に。

困難な時代に拮抗して立つ若者と悲しい空の青。太平洋戦争が始まった次の年の自画像らしかった。大きく描かれた黒い服の若者の背後の無機質な街の風景は小さく後景にしりぞけられ、空が無限に広がっていた。若者の背後には灰色の道が果てしなくつづいているる。若者はいま、長くつづくその道を歩きつづけてきたのだろうか。あるいはふり返ってこれから歩きつづけるところなのかもしれない。

静謐な絵だった。

画家は十三歳のときに聴力を失っているのだった。無音の世界の風景にかれはなにを見たのだろう。長い戦争のつづく生き難い時代、彼は苦難を一身に引き受け、感情と思想をカンバスにぶつけたのらしい。

青を基調にひたすら静謐な世界を描きつづけたその感覚と心の内を知ろうと私はあのとき、松本竣介の《立てる像》の前に立ちつづけていたのだった。時代に順応せず、青を用いてひたすら自分の絵を描きつづけたその胸の内の深淵をのぞくべく。

女が妨害者ではないらしいことが分かったが、私は女への意識とは反対に無視することにした。なにか私に話しかけたいようなそぶりをことさら無視した。目の端に女のスカートの色あせたブルーを映しながら……。

「参議院選挙よろしくおねがいしまーす」

と声をはり上げつづけた。

背広を片手に脇を通る初老の男にビラを差し出す。

「ご苦労様です、がんばって。私は福島出身です。原発ゼロ頼みますよ。うちはこれだけ大丈夫」

そういって右掌を広げて見せた。五票あるというサインだ。

「応援してますから。だけどねえ、俺はさあ。でもこんなことといっていいかい。気を悪くしないでよ。ひとつだけ疑問に思ってることがあるんだ」

「ええ、ええ。どんなことでもどうぞ」

「つまり、あなた方の党はよいことといって、弱い者のためにたたかってるのに、いつまでも少数派なのはどうしてなの？　活動のやり方、それとも……」

「それはこういうことなんです」

私は男の言葉をとった。はやる気持ちを抑えた。

「それはですね、ひとつの原因を挙げれば、メディア自体が大企業でしょう、大企業の広告いっぱい載せてるし、大企業の横暴や日米安保条約の支配に恐れることなく物申す党のことは極力報道しないとか。さらにダメージを与えるために週刊誌なんかではよくデマ記事まで書いているでしょう、それに戦前あの戦争に反対したために国賊とされたこと、そのときの反共意識が日本人の頭の中には今日なお生きつづけているのです。それに戦後間もなくのＧＨＱ支配のころ、連続して起こった松川や三鷹の列車転覆事件のことご存じでしょうか？」

「ええ、少し」

「あのデッチ上げ事件で党は大きく国民の支持を失いました。共産党がやったように政府もメディアも事件を宣伝して…それから最近では旧ソ連や中国や北朝鮮の一党独裁の党と同じような党だと、マスコミがこぞってこの党のイメージを傷つけて国民の目から真実を隠したり。それにね……」

「それに？」

まじめな人のようだ。真剣に聞いている。

「あげくのはてには小選挙区制で共産党の議席が増えないようにシフトしてます……だからいま真実を知ろうと思ったらこの新聞を読んでもらって……」

「ああ、『赤旗』？　この間もほら、そこでビラ配ってる方、何ていったっけ？」

「村田さん？」

「そうそう、村田さんが私の家に見えられて、熱心に購読を勧めましたがね、そこまではまだって、あのときは断りましたが」

「でも、この党について疑問も持ってらっしゃるのでしょう？　それにこの日本と世界の動きのほんとうのことを知るには、どうしてもこの新聞を読んでいただくしか……。日刊もありますが、週刊の《日曜版》というのもありますが、これ」

私は足元に置いた紙袋から《日曜版》を取り出して相手の顔の前に広げた。必勝を期した候補者たちの顔写真が大きく出ていた。

「とりあえずはこの《日曜版》あたりでどうですか。月に八百円。たばこ二箱ですよ、缶ビールなら三本。事実と真実を知るのには安いものですよ」

工作機械の営業をやっていたので、すすめるコツというようなものは同じだな、と思いながら訴えた。セールステクニックというようなものではなく、その人に真実と私たちの活動を知ってもらう、その上で支持応援をいただくというスタンスで話した。

「よし、分かった。とりあえずその週刊のを三ヶ月ほど読んでみるから。今週からでも入れといて。村田さんにもよろしく」

「ありがとうございます」

深々と頭を下げた。これで選挙に入ってからの拡大は日曜版が三部。いままでの選挙にないこの党に寄せる期待をひしひしと肌に感じた。

男は、私が差し出した紙片に住所、電話番号を書いてくれた。紺のストライプのネクタイをきちんとしめた顔の四角い実直そうな人だった。

「がんばって」

鈴木さん（メモによると）は、片手を挙げると、改札の方に向かって行った。

「ありがとうございます、がんばります」

その背中に大きくお礼をいった。

嬉しかった。勇気百倍得たような気がした。

嬉しさのあまり、私と三メートルの間隔で向かい合ってビラを配っている村田さんに駆け寄り報告すると、

「三田さん、やったね、さすがあ」

と、人のよい微笑を返してきた。そしてつけくわえた。

「今夜、拡大祝いに一緒に、いっぱい、いくか」

と、猪口を持つ手口で酒をあおる仕種をした。

「いいですねえ」うれしくなって応じた。「赤旗」を一部増やすことは、どんなにたいへんなことか、それは実際に経験したものでないとわからない。それだけに「お祝い」と

いったその気持ちが、大げさではなくよくわかった。

八十を超えたのに、いまだに酒の好きな人だった。

もとの場所に戻ると、さきほどの女がまだいた。視線がぶつかった。なにかいおうとしたのか、私に向かって色のよくない唇を少し開けたがすぐ閉じた。

いったい、なんだろう、この女は。しかしかまってはいられなかった。

「原発の再稼動に反対しましょう」

オクターブ上げた私の声に反応して端正な顔を上げたスーツの長身の若者が、さっと長い手を伸ばした。

「ありがとうございます。よろしくお願います」

頭を下げ、二つ折りにしたビラをていねいにわたした。受け取ってくれる人ががぜん多くなった。気持ちがはやった。一刻も惜しまれた。

それなのに、私の胸をブルーにさせた女が、まだ目の前に立ちはだかって私から目を離さない。

「参議院選挙よろしくお願いしまーす」

反応をたしかめるべく女の目を射るように見てから、胸元にビラをつき出した。すると拍子抜けするほど素直に受取った。私の顔をひたと見つめている暗い目が揺れた。顔には疲労の色が濃くよどんでいる。瞼が泣きはらした後のように腫れぼったい。

　化粧がないのでよけいに不健康そうに見えるのだろう。冷静になって対峙し、表情、体つき、服装から靴の先まで観察した。

「あのー、ちょっと、いいですか」

　女がようやく口を開いた。

　いいよどむ声がかすれている。つっかかるようないい方だ。

「えっ？　なんですか？」

　女がことばを探すふうに私を見つめたまま黙ってしまったので私はかまわず、通行人にビラを差し出す手をとめなかった。

「消費税増税はやめさせましょう」

　人の流れがピークのときに一枚でも多くまきたかった。ビラの受取率は半々といったところか。

　黒いショルダーバッグを肩にかけた中年の男が、人を掻き分けるように猛然と改札口めざして駆けて行った。いま高架のホームに入ってきた電車に乗るのだろう。朝のラッシュ時は四、五分おきに出ているのだから、なにもあんなに走らなくても次のにしたらよさそうなものをと、おかしかった。そして虚しい気がした。実体のない影のようなものに乗せられて走りつづけ、青い鳥を追いかけているかわいそうな日本人たち。働いていたころの私に重なった。

ビラを取ってもらうには、それなりにコツのようなものがある。まずは相手の目をしっかり見ること。次に顔をこわばらせないこと。だからといってやたらつくった笑顔をふりまくのも、真剣でない感じを与えるだろう。ビラ配りでもなんでも党の活動は、相手に与える印象が大事だ。行き交う人々は、見て見ぬふりをしていても、ビラを配っている人間の信用度をはかっているのだ。先ず顔とその表情から。

だから相手にこちらの政策や主張をわかってもらい宣伝物を受取ってもらうためには、こちらが真剣な態度と顔を見せなければならない。そして躊躇しないでしっかりとタイミングよくわたすこと。

ことばではわかっていても実際に大衆の面前で大声を上げ自分をさらしていると、これがまたなかなか難しい。はじめて参加した人の中には、いつまでも減らないビラを抱えたまま、ただ立っているだけという人もいる。

経験豊富な人はちがう。自分の脇を通る人にはすかさず洩れなく、流れるような手さばきで確実にわたしていく。村田さんなんか、実にそんな人だった。

彼は、S町地域の党後援会長をしている。大手の通信社労組の専従を長くやっていたという。二十年前定年になったのだが、それから五年ほど嘱託で勤めつづけた。完全退職してからは、党の活動のほか地域の年金者組合や憲法九条の会で活動している。公民館で俳句のサークルの講師もしている。いまハンドマイクをもって演説している佐野市会議員の選挙のときには選対部長でもあった。私より一回りほど年長。八十を二つ三つ越えているはずだったが、いまでも金曜日、土曜日をのぞいて毎朝自転車で、「赤旗」を配達している。三十数部を三町に及ぶ広い配達区域だった。二時間近くかかるらしい。

いつもなら配達を終え一風呂浴びて寝ている時刻なのだが、選挙に入ってからはそうも出来ないと、昨日私にこぼしていた。この時間がいちばん眠いのだそうだ。

私などおよぶべくもない。とにかく丈夫で元気な人だった。その秘訣を訊くと「赤旗」を配っているからだと笑って答える。その上少しでも時間があると「赤旗」拡大に歩いている。仲間と組になって行動することもあるが、たいがい一人で歩いている。要するに俺たちのこの運動はだねえ、という。《こちらの主張を一人でも多くの人に分かってもらってさ、たとえば日米安保条約は要らないとか、そういう人を増やして多数派になるしかこの国を解放する道はないのだから》

活動家として村田さんの生活は空疎な時間の忍び込む余地などない濃密な毎日なのだろう。彼と会っているとき私は、人間のほんとうの幸せとは何だろうと、いつも考える。真に人間らしく生きるとはどういうことなのか。

どんな人でも生きている限り、人にはいえない悩みや心配事はある。しかし彼の場合は、個人的な悩みや苦労を感じさせないところがある。オタク老人によくあるヘンクツになったり、忍び寄る死のことばかり考えてオロオロしたり、無気力な心の病になったりすることとは無関係のような気がする。

人類史の発展のためにおのが体力と能力を出し切って献身的にその生を生きているそんなイメージ。

《俺には、余生なんかない》と恬淡といい切る。とても老人とは思えない。

《弱肉強食の格差社会のこんなひどい世の中を、原発の放射能に汚染された日本を、孫や子に残しては申し訳なくて死に切れないじゃないか、だからおれには余生なんかないのだ》

酒が入ったときの、村田さんの口グセだった。

毎朝二時間の自転車漕ぎと、高い志と理論にうらうちされた思想からくる精神の強靭さ、確固とした安定性が、元気のみなもとなのだろう。あやかりたいところだが自分がその歳になって、二時間もペダルを漕ぐ体力があるかどうか。それよりこの世に存在しているかどうか。

雨の日もあれば強い風の日もある。寒い冬には雪で道路がアイスバーンになっていることもあるだろう。体調のよくない日だってあるだろう。それでも任務として引き受けたからには休むわけにはいかない。思想性のちがい、といってしまえばそれまでなのだけれども。

「赤旗」日刊紙には後ろから二枚目のページの下の方に、全国の党員の死亡記事が毎朝出ている。私はそこに最初に目を通す。そしていまは音信も絶えているがかつて同じ地区（長崎、大阪、福井）でともに活動していた人の名前を発見したりすると、彼らとの在りし日の想い出をしのび、しばし感慨に心がたゆたう。そしてその享年をたどるのだ。村田さんにその話をすればきっと（暗いなあ）と一笑に付されるだけだろう。

そのことを妻の啓子に言ったときだった。

「三ちゃんも、とうとうそういう歳になったたってことね」

脇で別の朝刊の、束になって挟まれたスーパーの特売のチラシを広げている妻の啓子が揶揄した。その揶揄に私は思わず自分を、村田さんに引き比べていた。

志を同じくした人たちの享年を確認しては、自分との年齢差を数えているネガティヴな亭主を妻はなんと思っただろうか。そしてこのとき私の中の意識の隅に、自分にも確実に訪れる遠からぬ先の死のことが、このごろ頭をもたげはじめている自分にはっとした。このごろ嫌味も平然といってのけるようになった啓子の顔に目を走らせた。達者なのは口ばかりで、歳相応にこのごろ日を追って体がいうことをきかなくなってきているくせにと、半世紀近く連れ添ってきた顔にある種感慨をおぼえながら見つめなおした。鼻の下と唇の両端が皺ですぼみ、顔のあちこちにシミが浮き出てきた顔を見つめた。

「なによ、じろじろ見て、ごはん粒でもついてるの？　へんな人」

「いや、何でもない」

照れ隠しにいって、頭を強く振って意識にまといついた死を払拭した。すると顎のしゃくれた村田さんの顔が浮かんだ。元気とはいえやはり争えない皺深い顔が。ダークグリーンのベレー帽を頭にのせた悠揚せまらぬ顔が（暗いなあ）といった。

「TPP交渉から日本は撤退すべきです」

腹から出す声に力をこめビラを差し出すと恐縮したように、

「済みません」

と、AKB48のなかの誰かに似たかわいい顔の女子高生がいたずらっぽくぺろっと舌を出し、私の手を避けながら頭を下げて行ってしまった。

「ちょっと。あのさあ、さっきから呼んでいるでしょ」

女が疲労困憊している顔の咎めるような眼を私に向けた。声がかすれている。くたくたになって汚れたスニーカーの足をじれったそうに踏みたがえていた。そしてそのまま足踏みしつづけた。やはりどこか変な感じなのだ。

生きることにうちひしがれた感じの不健康そうな顔。落ち着かない揺れる眼差し。私の胸はふたたびブルーに染まった。こういう人に相対したときに（そしてはからずも目を合わせてしまったときに）感じる、悲しみを通りこしたやりきれなさ切なさに私は襲われた。

「だから、何ですか？」

私は少し辟易していたので、その小柄な体を睥睨するように見て強い口調でいいかえした。

「なんですかって？　もしかしたら明日死ぬかもしれないから、ここにこうして来たのだから、わかるでしょう？　私がなにをいいたいのか。共産党の方なら」

うるんだ暗い瞳孔が私の顔にふたたび突き刺さってきた。

こういう物のいい方をする人がよくいる。最初から状況とか相手かまわずつっかかってくるような。頭ごなしにこちらが悪いかのように一方的にいいつのる。

カチンときたので、

「明日死ぬかもなんて。おどかさないでください。どうしてそんなことをいまこうしてビラを配っている忙しい私にいうのですか？　共産党の方っていわれたって、そうなにもかもわかったり解決出来たりしませんよ。イエス・キリストだって、お釈迦様だって。そうでしょう。とにかくいまは」

「……」

「消費税値上げ、ゼッタイハンターイ」

私は女にかまわず四人の女性たちのシュプレヒコールに合わせて、駅に急ぐ人たちに呼びかけた。

目の前に来た五十年配の背広にさっとビラを差し出す。すると受取ったまではいいが、見もしないでくしゃくしゃに丸めてしまった。ゴミ箱に捨てるにちがいない。彼なりの意思表示なのだろう。

腹立ちにまぎれてちょっといい過ぎたようだ。後悔したが後の祭りだった。女が驚いたように目を見張り、私の顔をぽかんと口を開け悲しい目で見上げていたが、そのうち涙がぷくっとふくらんで頬をつたってこぼれた。

オカッパ風の乱れた短い髪は油っけがなく、左右の鬢のところに白いものが混ざっている。さらによく観察すると、目鼻立ちが整い、若いころはさっき舌を出して私の脇をすり抜けて行った女子高生のようにかわいかったのだろう、と想像された。うりざね顔の涙にぬれた目が大きく澄んでいた。

いかにもめんどうくさそうに切って捨てるような私の物言いが、相手には居丈高にとられ萎縮させたかもしれない。党を信頼して頼って来た生活相談だとしたら、こんな態度はまずい、と反省した。この歳になってもまだ人間が出来ていない。心に余裕がないのだろう。

「あのー、あたし、あなたのことはよく存じ上げています。この間もS町三丁目の円福寺の塀に、消費税反対のポスターを貼っているところをお見かけしました。共産党の方ですよね」

「ええまあ、そんなようなものですが……」

担当地域全戸の郵便受けにビラを入れて歩いたり、選挙になると街の角々で市会議員と一緒にハンドマイクで街角宣伝しているので、顔を知られていたとしてもおかしくない。

「ブラック企業を規制しましょう」

一時間以上も大声を出しつづけているので、口の中が渇き喉の奥がいがらっぽかった。ビラを差し出された若い女が、迷惑そうに手を振って足早に通り過ぎた。

「あのー、あたし、死ぬかもしれません。今年いっぱいで。いいえ、明日にも」

私の顔を食い入るように見つめていた女がふたたびいった。いよいよへんだ。私を脅そうというのか。

やばい、と思った。きっと精神に異常をきたしているのだろう。私をからかっているのだとしたらどう対応すべきか。涙まで見せて相手がどう出るかためしているのにちがいない。肝臓の悪い人がよくこんなむくんで土気色の顔をしている。

いよいよ怒りと憐憫が私のなかで交錯しへんな気持ちがしてきた。そこでこんどはこちらから相手の暗い目をもういちどたしかめるように覗いた。よく見ると眉間がやや広く周りに黒く隈が出来ている目尻が下がり気味なのが、ある種親しみやすい感じも与えるのだ。けれども、どっちにせよまともに関るべきではないだろう、と最終的に判断した。

私はわざとらしく腕の時計に目をやった。

七時半だった。

あと三十分。こうしている間にも、人々の多くはことさら私と顔を合わせまいとしてどんどん通り過ぎてゆく。何がしかの感情を持った大きな波となって流れてゆく。それは今日一日の仕事の辛さの予感であるかもしれないし、胸の底にかかえている悲しみなのかもしれない。希望の感情であるのかもしれない。それらの感情を周囲への無関心と無表情の顔の下に塗りこめて改札に急ぐ人々。私もこの間まではこうして俯いてその日の朝の感情を顔にとめ、ひたすら改札めざして足早にここを通過して行ったのだ。

肝臓の病気からウツがこうじて（本人にその自覚はないのかもしれない）、精神に変調をきたしているのだとしたら。そう思うと少し薄気味悪くなってきた。それでも女があまりに必死の形相だし、共産党と知って藁にもすがる思いで頼って来たのだとしたら。

で、あえて普通の人に対するようにこういった。

「あのですねえ、死ぬとかなんとか、ただごとではありませんが。いったいどうしたのですか？　さっきから。ご相談ですよね」

「えっ？」

女が怯えたように、大きな目を見開いた。私の顔から何かを探っているような視線。このとき私は女の目に涙がぷっくりたまっているのに気づいた。

冷たく聴こえたのだろうか。

女の頭や心がどうあれ、いま彼女がほんとうに一刻を争うようなただならぬ状況に追いつめられてSOSを発しているのだとしたら（たしかにそうにちがいない、とようやく察して）と、私は、自分の迂闊さを恥じて少し慌てた。

「あのー、要するになにかたいへんなことがあなたの身の上に起こって。わかりました。ちょっとここで待ってて」

私は冷静さを回復しいたわるようにいった。一刻を争う事態であることはまちがいない。そう思うとこんどは悪い方へ悪い方へと想像がふくらんだ。今日中にその相談事の目鼻をつけて、女に生きる希望のかすかな光のひとすじでも見せないことには、ほんとうに取り返しのつかない結果になるかもしれない。私はぞっとし、足がふるえる思いがした。

村田さんはこちらの状況にさっきから気づいていたらしい。流れる人々の間からときおり心配そうな顔を向けていた。いずれにしても今朝の統一行動の責任者の彼に一言、話を通しておくべきだろう。そう考えて彼の方に歩きだすと、女も後ろからちょこちょこついて来た。

どんな相談事か分からないけれども、いますがる思いで私に自分の命運を託しているのだと思うと、重たい責任感のようなものとともに、ゆくりなくも背中の女をいとおしくさえ感じはじめた。結果どうなるかしれないが力になってやりたい、ほんとうに絶望の死の淵にあるのだとしたら手を引っ張り上げてやりたいと、そんな思いをそこはかとなく背中にとめながらことの次第を話すと村田さんは、

「わかった。お話をうかがってみて。こみいった相談のようだから車の中がいいだろう」

私の後ろにくっつくようにして立っている女に、ためらいがちの視線を投げていった。

そしてズボンのポケットからキーの束を取り出し、私に放った。

「ちょっと待ってて、もう終わるから」

そういって村田さんは前からきた男にさっとビラを差し出した。いかにもさりげなく差し出す。定年前ぐらいの端正な顔の男だった。男はうなずくように会釈してから、手に取ったビラを、夏物のチャコールグレーのジャケットの内ポケットに入れながら駅に急いだ。縁なし眼鏡を一瞬冷たく光らせたインテリ風な感じの人だった。電車の中で読んでくれるのだろうか。

車は、バスやタクシーの発着するロータリーの大きな菩提樹の下に停めてある。ふだん佐野議員が乗り回している赤い軽自動車だった。屋根の上にはスピーカーが前後に向けて取付けてある。ボデーには〝憲法改悪を阻止しよう〟と白く太いイタリック体のペンキ文字が踊っている。

車の両脇には、鮮やかなピンク地に白く、

「日本共産党」と染め抜いた幟が四五本、コンクリートブロックに固定され、梅雨の晴れ間のあるかなしの朝風に翻っていた。

明け方まで雨が降っていたのだったが、いまはすっかりあがり、縁を朱色に染めた雲間から射しこむ朝の陽がまぶしかった。灰色の雲の塊が大きく割れてふたたびスカイブルーの空が広がりはじめた。

2

ドアを開け、後部座席に女をかけさせた。私も並んでかけた。互いの体が接触するほどの狭い空間に息苦しさをおぼえたので窓を開けると、爽やかな風に乗って若い市会議員の甲高い声がマイクを通してびんびん聴こえてきた。

「安倍内閣は、お年寄りの命の綱である年金を切り下げ、そして生活保護法案も改悪し、給付額をさらに削ろうとしています。これは憲法二十五条で保障されている人間として生きる権利の否定ではありませんか？　もうひとつわたくしこの佐野幸一がどうしても言っておきたいことがあります。狭い地震列島の日本にいまゲンパツが五十四基もあります。そして福島第一ゲンパツの放射能汚染水に日々脅かされて生活しています。ゲンパツ近くの町や村の人たちはまだ故郷に帰れません。いつ帰れるのかもわかりません。なぜこんな日本になったのでしょうか？　なぜ危険な活断層の上に、ひとたび事故が起きたら人の手に負えないおそろしいゲンパツを作ったのでしょうか。ここをよおく考えていただきたいのです。有権者の皆さんの半分が、自分は政治には関係ない、まあ、役所や政治家に任せておけばなんとかまちがいなくよろしくやってくれるだろう、と投票にも行かなかったそのツケがいままさにきているのではありませんか？」

〝か？〟にイントネーションをつけ、あたりの人に問いただすように顔を向けながらゆっくり見まわす。若干二十六歳なのにたいしたもんだ。ずいぶん演説が上手になった。

「さらに、さらにですよ、来年四月からは消費税を八パーセントに上げようとしているのです。介護保険料も医療費も値上げ。財源がないのではありません。大企業や大金持ちには気前よく税金をまけてやる、こんな弱い者いじめ庶民いじめのひどい政治はやめさせようではありませんか。そのために、そのために、こんどの参議院選挙では皆様のお力をぜひ私どもにお貸しくださいい」

昨年の秋、はじめて市会議員になった当初は、街頭演説も原稿を見て話していたのだったが。先日市議会における彼の質問を傍聴したら、落ち着いて実に堂々と市長や居並ぶ部課長に向かって要領を得た厳しい質問を浴びせていた。人間の成長ということを、そのとき考えさせられた。

党は今回、比例区五人の必勝を掲げて選挙戦に臨んでいる。現職が三人だからかなり厳しい目標ではあった。そこに加えて東京、大阪、京都そして神奈川の選挙区も必勝区になっていて、連日の、それらの主要都市の駅頭や演説会場における人の集まりの多さや候補者の気迫を報じた「赤旗」の報道を見るかぎり、雰囲気としては今回はいけそうな感じもないではなかった。

なにしろゲンパツやブラック企業や消費税増税や年金や介護保険料をはじめ社会保障費の切り下げなど、これだけ国民は負担を押し付けられ痛みつけられているのだから、たいがいいま政治がだれのためになにをやっているか、いやがおうでもわかるだろう。客観情勢としても有利なはずだった。

しかしなにしろこれまで十数年の間、国政選挙のたびに議席を減らしつづけてきているので、正直なところ、減らさないで現職三で踏ん張ればいいが、と私は内心ひそかにもくろんでいるのだが。


「ご用件というのは？」

なかなか切り出さないので、彼女のいまの生活のありようを想像しながら私は促した。

「遠慮することはないですよ、どんなことでもおっしゃってください。市会議員もいま来ますから」

それでもまだもじもじしていたが、ようやく、

「あのー、申し遅れましたがあたし、K町三丁目に住んでいるコタニキョウコといいます。小さい谷に今日明日の今日。お忙しいのに大切なお時間とらせて申し訳ありません。

どうぞよろしくお願いします」

まともな話ぶりに、ちょっと意表をつかれた感じがした。

「私もK町三丁目です。S病院のすぐ近くにアカネ美容室があるでしょう。その向かいの三田三郎というものです」

緊張しているようなので、同町内に住む親しみを声に滲ませそういった。

「ええ、ええ、三田さん、よく存じ上げていますよ。庭に大きな枇杷の木のある」

「いま食べごろのが成ってますから、いらしてください。茂木枇杷といってね、本場長崎のブランドものです」

「ありがとうございます。同じ町内に共産党の方がいらっしゃるのは心づよいです。ですからぶしつけにもこうして声かけさせていただきました。あたしのお友達がね、こういうことは、三田さんたちのところがよいだろうっていうものですから、はい」

「ええ」

「でもね、こんなばかな女の、どうしようもない自己責任の問題の相談にのっていただけるかしらと」

「ご自分のことを、ばかだなんていったらいけませんよ。あなたはほんとうは賢い心優しい人なのですよ。優しいから苦労も多い。いったい、どうしたのです。明日死ぬかもしれないとか」

すると降り積もった悲しみがいっぺんにあふれたのか、心がゆるんだのか、大粒の涙がはらはらと頬を伝い落ちた。

私は正面フロントガラスに顔をむけたまま、女の手にティッシュペーパーをそっとわたしてやった。

フロントガラス越しに、白いシャツにネクタイの佐野議員が腕まくりして演説しているのが見えた。そろそろ終了の時間だ。女性たちの元気のいいシュプレヒコールも聴こえてくる。

「ゲンパツ再稼動するなー」

「消費税増税ハンターイ」

小谷今日子がようやく気を落ち着けたらしく、だが絶望に近い嘆息をひとつ吐いてから静かに話しはじめた。

「娘が一人いますが、いまは男と一緒にどこかに身を隠しています。サラ金に追われてるのです」

「ご主人は？」

「夫ですか？　いまはいません。人がよいだけでその器量もないくせに商売に手をだしたのがつまずきのもとでした、はい。不渡りをつかまされてね、借金だけかかえて三つになる娘と三人して大阪から東京に夜逃げして来ました。最初足立区の西新井にいたのですがそこもやばくなりましてね。借金取りにつきとめられたのです。それで次は葛飾の方に。そこも一年もしないうちにこんどは家賃が払えなくなって、それからも同じような次第で転々と流れていまのところに。ええ」

「大阪、足立区、そして埼玉県S市、同じ所を私も。なにか不思議な縁を感じますね」

このとき小谷はバックミラーに自分の苦悩を煮詰めたような顔に気づき、あわててもとの表情をつくろってから片手で額に垂れかかる少ない髪をかきあげた。ことばがふたたび途切れ、重たい沈黙が二人を見舞った。

気まずい空気が息苦しかった。

小谷が話をつぐまでにしばらく時間を要した。よほど話しにくいことなのだろう。しかしやがて決意したらしくふたたび話しはじめた。

「そうこうしているうちに夫は、人が変わったようになりました。なんとかお金を稼ごうと、こんどはてっとり早く一攫千金の夢を追って賭け事に明け暮れるようになったのです。競馬、競輪、パチンコ、はては浅草の方に出かけてはいかさま賭博にも手を染めていたようです。ときたま大勝ちしたときは、そこがばかなのですね。誇らしげに私にハンドバッグや高価なフランス人形や高級菓子を娘に買ってきて見せびらかしたことがいちどだけありましたが。あたしは小さい娘がいて働きにも出られず、夜も寝ないでミシンを踏みました」

「内職ですね?」

「ええ、夜中ですから大きな音をたてないように隣りの部屋を気づかいながら。そうして貯めたお金をですよ、あのばかは盗み出して、みんな賭け事に使うのです。こんどこそ大穴を当てるからとか何とか夢みたいなこといって、案の定すってんてんになってしおれて帰って来るのです。博打は心が荒みます。こんどはお決まりの、女です。どこかのいかがわしい水商売の女と蒸発してしまったのです。それっきりです」

「つらく長いトンネルでしたね」

心から労わるようにいった。

「そんな親ですから娘もあたしを嫌って、あの男と一緒になったのをひどく恨んでいました。あたしが悪いんですから仕方ありません。小さい娘がふびんでかわいそうで。それからあたしは、お金を貰える仕事ならなんでもしました。夜、娘が寝入ってから近くの飲み屋で働きました。そうでもしないと家賃も払えないからです」

「家には娘さんをおいて……?」

「ええ、深夜二時ごろ帰ると娘は初めのころは起きて蒲団の上でしくしく泣いていましたが、そのうちそんなものかと思うようになったのでしょうね、父親が残していったフランス人形を抱いて淋しそうに遊んでいました。切なくて部屋に入るなり抱きしめてやると、いつまでも泣きじゃくっていました。親の苦労を見ているから、親思いの優しい子になるだろうと思っていましたが、そうとばかりとはかぎらないのですね。逆境が子供を鍛えるのじゃなくてかえってその子の心を歪めてしまうのですね。娘は成長するにつれ、私の心から遠ざかっていきました。そして高校二年の時には、もう男が出来て。父親の血なのでしょうか。あたしははらはらしながら見守るしかありませんでしたが、そのうち不登校がつづきとうとう中退して、はげしくいい争った日、家を出ていきました」

身の上話は憑かれたようにとどまることをしらなかった。バックミラーの中の女を見つめていると、潤んだ目から涙が頬を伝い落ちて、その粒がきらりと光った。心のきれいな純粋な人なのだろう。うそ偽りでないことが、澄んだ眸を見てわかった。

これだけどん底の貧困の不幸がつづくと、たいがい人は心が荒みきってしまうものだがこの女の心の純粋さはなんだろう。不思議な気がした。社会の汚濁に染まっていない。そのことに私は痛く感動した。目がしらが熱くなった。

なかなかその相談というのをきりださないので、私は内心少しいらいらしながら、バックミラーの中の女の顔からモーパッサンの『女の一生』の主人公を紡ぎ出していた。

〝女の一生は男によって与えられ、かつまた失われる〟

記憶の文章がよみがえった。

結婚して間もなく夫は、他に女をつくって家を出て行く。不実な夫にうらぎられたジャンヌは、息子だけが支えだった。しかし盲目的な母性の溺愛はポールを手のつけられない不良児に育ててしまう。彼もまた女と駆け落ちし母親のもとを去って行く。女に死なれたポールは赤ん坊をジャンヌに押しつけて行方不明となる。私はジャンヌがやがてこの孫にも裏切られるだろうという予感のうちに最後のページを閉じた。冷酷な運命が、純粋で善良なだけの女の一生を翻弄するやりきれない悲劇。ジャンヌは襲いかかる不幸をただ受身に、じっと耐え忍び生きているだけだった。そこが私には不満だった。その不満を、並んで座っている女の身の上に重ねた。

「ジャンヌのような……」

「え？　ジャンヌ？」

小谷がびっくりしたように、私の目を見て問い返した。

「いえね、あなたのお話をうかがっていると、いろんなことを考えさせられて、つい……。ずいぶん苦労されましたね、しかし泣いている場合じゃないですね。生きなければなりません。自分が悪いからとか愚かだったからと自分を責めてばかりいてはいけないです。どんなに努力しても一人ではどうすることもできないことがあるじゃないですか。あなたのように不運に見舞われることも……」

　小谷は肯くようにして聞いている。

「生活していけない、それでいま死ぬほど困ってというのは？」

「ごめんなさい、そんなわけで実はいまあたしは検査しなければいけない身体なのですが、もうお金を借りるところがなくなって」

「ええっ……検査？」

「ええ、身体の調子がおかしいので先月S病院に行ったら、すぐ肝臓の精密検査を受けるようにいわれましたが」

「ええっ？」

　どおりで、と直感した。むくんで土気色の顔。肝臓をやられている人の典型的な症状だ。ひょっとしたらすでに肝臓癌なのかもしれない。一日も早く検査を受けさせる必要がある。

「恥ずかしい話ですが病院どころか、明日食べるお米がないのです、ただ一人お友達がいますが、借りたお金を返せないのでこれ以上迷惑をかけるわけにいきませんし。彼女にだって家族がいるものですから。サラ金からも何件か借りています。毎日激しく取り立てにあっています」

しまいの方は声を震わせて語った。そして涙をぬぐった。

「ええっ？　サラ金から？　そりゃあ、まずいなあ」

最悪の事態だと思った。借金があると生活保護も申請が難しくなってくる。しかしそんなことはいってられない。なんとかしなければ。小谷今日子がほんとうに明日にでも死ぬ覚悟でいるのだとしたら。私ははやる気持ちでそう思った。

「ハローワークに毎日のように行ってますが、この体では働けるところがありません。立っているのがやっとですから。ときどきめまいがします。実をいうと、いまのアパートも家賃を三ヶ月も滞納しているものですから大家さんから立ち退きをいわれているのです。電気とガスはとめられました。水道も、来月は……」

「小谷さん……なぜもっと早く相談に来られなかったのですか？」

私の声は少しきつい調子になっていた。しかし腹立たしさは彼女を通りこしこの国の貧しさに向かった。格差社会がもたらすこの貧しさを呪った。なにが経済大国か、なにが豊かな国ニッポンか。なにが美しい国をとりもどすか。国会答弁や記者会見で繰り返す首相や大臣たちのこれらのことばのそらぞらしさがおぞましかった。

「はい、すいませんです、じつは昨日市役所の福祉課に行ったのです。そしたら、娘が働いているのだろうとか、兄弟姉妹がいるだろうとか親戚になんとかしてもらえとか、借金があると生活保護は申請出来ないともいわれました。ていよく追い返されました」

「そうでしょう」

「最後の最後まで生活保護なんかには頼らずに、とこれまでがんばってきたのですが……こうなったのも自己責任ですから必死にここまでがんばってはきたのですが」

「よくわかりました。小谷さん、もう大丈夫ですよ。あの市会議員は福祉の専門家です、若いけどよく勉強してますよ。とりわけ生活保護制度に関してはくわしい。その上こころづよいのは生健会（生活と健康を守る会）という組織を昨年ここS市にも私たちは立上げたのです。いま七十人の会員がいます。なかにはホームレスだった人もいます。生活保護受給の件は、あなたのいまのお話の状況では申請を拒む理由はありませんです。借金があろうとなかろうと。娘さんがいようといまいと。今日にでもすぐ、市役所に一緒に行きましょう」

私はいつか大声になっていた。

見るともなくバックミラーの中の女の血色の悪い顔を見た。思いなしか女のそれまでの翳って硬直していた表情が、一瞬ほっとしたように緩んだ。

「役所はね、政府の通達でいま水際作戦といって、生活保護の相談に来た人を、申請書もわたさないで追い返しているのです。自己責任とか兄弟姉妹とかいってる前に、今日明日生命をつなぐのがまず第一じゃありませんか。そうでしょう、生活保護はお恵みではなく、最低限健康で文化的に生きる権利のためのセイフティーネットなのですから。憲法二十五条で保障されているところの、この国に生まれたものに平等に与えられている生きる権利なのです」

私は小谷に怒りをぶつけるようにいいつのった。

「冗談じゃない……いえ、小谷さんではなくてね」

体が小刻みにふるえた。そして不幸と貧困を自己責任にしてしまう小谷のような人たちがいることをさいわい、自分たちの責任を逃れ、あまつさえそれを成果だとして得意がる役人がいるという現実に、怒りと同時に哀しみが入り混じってへんな心持ちがし、胸がむかついた。私たちの運動がまだまだ小さく力足らずなのが実感された。悔しかった。

3

この日午前、私は生健会の事務局長の飯田さんに電話し私の家に来てもらった。小谷のアパートを探し当て、住まいの状況を確認してから飯田さんのパジェロミニで市役所に行った。先に庁舎三階の党の議員団控え室に行き、佐野議員とたまたまそこに居合わせたベテランの女性議員にも入ってもらって申請のポイントを打ち合わせた。

印鑑や貯金通帳（残額はゼロ）など必要なものを確認してから、福祉課には私と飯田さんが付き添って行くことになった。佐野議員が福祉課長に紹介の電話を入れてくれた。福祉課はエレベーターで降りて住民課や年金課の前を通って一階の一番奥だった。

カウンター越しのいちばん手前の若い女子職員に用件を告げた。呼ばれて担当の職員が出てきた。胸のネームプレートに中村とあった。飯田さんとはすでに面識があるのだろう、やあ、どうも、と慇懃に挨拶した。額が禿げ上がり頬骨の出た四十代半ばぐらいの男だった。ぎょろりとした眼が暗く光っている。態度は慇懃だが、光る眼の奥は人を睥睨するような粘液質な眼差しだった。小谷にちらっと冷やかな一瞥を投げてから、

「昨日は、どうも」

と、小さくいった。小谷が強い視線を返した。

「どうぞ」

中村が座るように促した。私たちの隣でも七十歳ぐらいの男性が、申請の相談をしていた。他に付添いはいない。若い男性職員が応じていたが、かなり厳しいことをいわれてい

た。相談者はいろいろと生活の困難をぼそぼそ述べていた。たぶんこれでは追い返されるだろうと思われた。

「この方はK町の三田三郎さん。小谷さんから相談を受けたものですから、今日は付き添いという形で同席してもらいました」

飯田さんが私を紹介した。

「よろしくお願いします」

私は鳥のような落ち着かない眼を見て軽く会釈した。相手は私にちらっと視線を向けた。ことさら眼を合わせまいとしている。

飯田さんが昨日の小谷の相談を確認した。

「はい、たしかにそういうことでした。ちょっと待ってください」

中村は立ち上がると奥の席の課長らしい人のところへ行った。でっぷりと太ったその人は私達の方をさっきからずっと見ていた。二人は額を寄せときおりこちらに視線を走らせた。長いこと打ち合わせていた。

飯田さんが囁くように小谷に訊いた。

「昨日も、あの人だったの？」

「ええ」

傍らで不安をいっぱいにした顔で座っている小谷が、蚊が鳴くような声を洩らし、

「全然昨日と態度がちがいます」

と、あきれたように付け加えた。

「彼はだいたい追い返すのです」

下げた眼鏡の上から私を見て、苦々しそうに飯田さんがいった。

戻って来た中村は、小谷からひと通り（形どおりというのが見え見えに）のことを聴取すると、すぐに申請書類を一式机の上に広げて細かい説明にかかった。私と飯田さんが小谷の両脇から彼女の足らないことばを補足したり、不利になると思われることばを訂正させた。

受給決定にいたるまで、いろいろ複雑な調査があるので一ヶ月ぐらいかかるという。それまでのつなぎの生活資金として三万円、社会福祉協議会から借りることもこの場で決った。申請書が受理されたということは、小谷がなにか大きな隠し事をしていないかぎりほぼ大丈夫だろう。S病院での検査のことは当課から電話して、検査が受けられるようにしておくという。

特定秘密保護法が国会で強行採決された同じ日の衆議院本会議で、生活保護法改正案と生活困窮者自立支援法案が、共産党と社民党が強く反対する中、自民党公明党などの賛成

多数で可決した。生活保護申請の「水際作戦」（申請を受け付けない）のいっそうの強化と、親族の扶養の義務化、受給額のさらなる引き下げが可決されたのだった。いよいよ黙っていては生存すら危うい世の中になって来た。いまでさえこの国に餓死者が出ているという驚くべき実態なのに。

参議院選挙は、共産党は三人から一挙に八人当選、私の想定外の大躍進だった。非改選と合わせると十一人の院内勢力となった。これだけ国民が痛みつけられているのだから、さもありなんと思ったが、祝勝会の席で村田さんは

「まだまだ少数勢力だ、ここで気を抜くわけにはいかんですぞ。多数派になるまで俺は生きてやる」

と、ビールグラス片手に乾杯の音頭をとった。

それから二週間ほどしたある夜、小谷今日子から電話があった。

私はその日、日本橋での文学同人の例会で遅くなったが、受給決定の連絡があったという知らせとそのお礼だった、と妻がいった。

「それに選挙の大躍進喜んでいたわよ、おめでとうございますって。なんだか声がうるんでたみたい。人ひとりのいのちを救ったのだものね」

妻も嬉しそうだった。

十二月二十二日夜、小谷今日子の娘を名のる人から電話があった。

「母が亡くなりました」

消え入るような沈痛な声を受話器の向こうに聞いた。

「ええっ？」

私は絶句し思わず頭を垂れていた。

十月の半ばS病院に見舞ったときには、それほどの衰弱は見られなかったので、それきりになっていたのだった。忙しさにかまけて小谷のことはほとんど頭になかった。そろそろ容態を見に行こうかと思っているやさきだったので、不意をつかれた感じだった。受話器を握ったまま五十八歳の一人の女の生涯を思った。

葬式は市役所が一式やってくれたという。隣のK市で男と同棲しているが娘はおそらく母親を気遣ってときどき電話ぐらいしていたのだろう。

生前母がたいへんお世話になったと、ひととおりのお礼のあと電話の沈んだ声が、こう付け加えた。

「共産党さんへカンパ、と書いた封筒がありました。裏に二万円となにがし、やっと読める字で書いてます。どうしたらよいでしょうか」
すすり泣いているような声が、受話器の向こうから伝わった。
私はていちょうにお悔やみをいい、明日いただきにあがることを伝え電話を切った。
（おそらく独りで逝ったのだろう）そう思いながら静かに受話器を置いた。

あとがき

小説を書こうなんて大それた目的ではなく、ただ自分の思い感じていることをもう少しうまく文章表現できたらいいなあ、ぐらいのつもりで、勤めを終えたその足で当時四谷にあった日本民主主義文学同盟（現・日本民主主義文学会）の夜の文学教室に通ったのだったが、先生方の講義を聴き六枚の課題小説を書いたりしているうちに、文学の世界および自ら小説を書くことのはてしない深さ面白さを知った。で、その教室の志ある仲間たちと同人誌を発行したりしていたのだったが、その中から芥川賞作家が出たりしてますます刺激を受けたのだった。

同人誌が解散した後、早乙女勝元先生のお宅にお邪魔して生原稿を持ち込んでご指導たまわったこともあった。それから今は亡き森与志男先生の主宰する『浮標』に入らせていただき今日に至っている。仕事の関係などで途中なんどか中断の季節もあったが、なんとか小説を書き続けられたのは『民主文学』と『浮標』の先輩や仲間たちの励ましと、小説執筆の時間を作ってくれた妻と息子たち夫婦の応援があったからこそだと思う。

私ごとき非才が、本を出版することは無謀なような気もしないではないが、どの作品もそれぞれ全力投球して書いたものなので生きた証の一環としても一冊にまとめておきたかった。出版に際しては『民主文学』の北村隆志さん仙洞田一彦さん風見梢太郎さんはじめ事務局の方々にはたいへんお世話になりました。また地域でともに活動している高野八重子さんにはすてきな絵を提供していただきました。心より御礼申し上げます。

二〇一五年九月

草加市北谷にて　　　坂井実三

初出

神々の棲む家　『民主文学』一九九八年九月号（原題「一九四五・本庄にて」）
あんちゃん　『民主文学』一九九一年四月号（原題「指のない掌」）
暗がりの眼　『民主文学』一九九三年二月号
理由　『民主文学』二〇〇五年二月号
約束　『民主文学』二〇〇五年七月号
川跳び　『民主文学』二〇〇八年九月号
枇杷の花の咲くころに　『民主文学』二〇一〇年一〇月号
生きる　『浮標』二〇一四年　二八三号

坂井実三

1941年、大阪市で生まれる
1964年、長崎造船短期大学（現・長崎総合科学大学）機械工学科
卒業
日本民主主義文学会会員
文芸誌『浮標』同人
彩短歌会会員
埼玉県草加市在住

民主文学館

枇杷《びわ》の花《はな》の咲《さ》くころに
2015年11月30日　初版発行

著者／坂井実三
編集・発行／日本民主主義文学会
〒170-0005　東京都豊島区南大塚2-29-9　サンレックス202
TEL 03(5940)6335
発売／光陽出版社
〒162-0811　東京都新宿区築地町8
TEL 03(3268)7899
印刷・製本／株式会社光陽メディア

ISBN978-4-87662-591-8 C0093